FRIEDERIKE SCHMÖE

Leise tötet der Schnee

TÖDLICHES TRAUMA Ghostwriterin Kea Laverde lässt sich kurz vor Weihnachten auf eine Schneeschuhwanderung in Tirol ein. Schon beim kräftezehrenden Aufstieg zur Ahornsteighütte kommen zwischen den Teilnehmern und dem Bergführer Meinungsverschiedenheiten auf. Ein Unfall verstärkt die Probleme. Als während der Nacht auf der Hütte ein Schneesturm losbricht, sitzt die Gruppe fest. Der Strom fällt aus, Internet- und Telefonverbindungen sind gekappt, die einzige Sesselbahn in der Nähe ist außer Betrieb, die Außenwelt nicht erreichbar. Unter den Eingeschlossenen machen sich Frust und Ärger breit, Kontroversen und Kleinkrieg folgen. Hüttenwirtin und Bergführer kennen einander besser, als sie zunächst zugeben, und auch unter einigen anderen Sportlern scheinen manche alten Differenzen zu schwelen. Nach einem zunächst harmlosen Spiel, das zur Ablenkung gedacht war, mündet ein handfester Streit in einen tödlichen Konflikt …

Geboren und aufgewachsen in Coburg, wurde Friederike Schmöe früh zur Büchernärrin – eine Leidenschaft, der die Universitätsdozentin heute beruflich nachgeht. In ihrer Schreibwerkstatt in der Weltkulturerbestadt Bamberg verfasst sie seit 2000 Kriminalromane und Kurzgeschichten, gibt Kreativitätskurse für Kinder und Erwachsene und veranstaltet Literaturevents, auf denen sie in Begleitung von Musikern aus ihren Werken liest. Ihr literarisches Universum umfasst unter anderem die Krimireihen um die Bamberger Privatdetektivin Katinka Palfy und die Münchner Ghostwriterin Kea Laverde.

FRIEDERIKE SCHMÖE

Leise tötet der Schnee

Weihnachtskrimi

GMEINER

Personen und Handlung sind frei erfunden.
Ähnlichkeiten mit lebenden oder toten Personen
sind rein zufällig und nicht beabsichtigt.

FSC
www.fsc.org
MIX
Papier | Fördert gute Waldnutzung
FSC® C014496

Besuchen Sie uns im Internet:
www.gmeiner-verlag.de

Im Ehnried 5, 88605 Meßkirch
Telefon 07575/2095-0
info@gmeiner-verlag.de

1. Auflage 2024

Lektorat: Claudia Senghaas, Kirchardt
Herstellung: Mirjam Hecht
Umschlaggestaltung: U.O.R.G. Lutz Eberle, Stuttgart
unter Verwendung eines Fotos von: © Ivan Kmit / stock.adobe.com
Druck: GGP Media GmbH, Pößneck
Printed in Germany
ISBN 978-3-8392-0709-3

Für Roena

20.12.2024, FREITAG

1.

Nebelfetzen glitten über die nasse Fahrbahn. Rechts und links der Straße duckten sich kahle Bäume. Ich hörte das leise ›Swisch‹ der Reifen auf dem Asphalt. Die Scheibenwischer gaben sich alle Mühe, den feinen Dunst zu beseitigen. Wieder ein Ortsschild. Schlafende Häuser, hie und da Licht. Ansonsten vermittelten Landschaft und Dörfer den Eindruck, durch eine Filmkulisse zu fahren. Vom Charme des Fünf-Seen-Landes war nichts zu entdecken. Allerdings sonst auch nichts. Außer weiß wabernder Feuchtigkeit. Ich war die einzige Reisende an diesem Morgen.

Als ich die B 2 erreichte, bekam ich Gesellschaft. Dickschiffe mit Dachsärgen, in denen die teure Skiausrüstung bestens verborgen war, schoben sich Stoßstange an Stoßstange voran. Ich musste grinsen. Bei diesem Wetter – wen mochte die Aussicht auf verhangene Skipisten schon hinter einem gemütlichen Ofen hervorlocken? Angesichts der Tatsache, dass bald Weihnachten war, kamen mir die Fahrzeugkolonnen Richtung Süden vor wie Flüchtende, die nur so taten, als seien sie Wintersportler.

Bei Eschenlohe stand ich im Stau. Genervt drehte ich am Radio auf der Suche nach guter Musik, die meine Laune ein wenig heben würde. Gar nicht so einfach, den Weihnachtsliedern zu entkommen. Beinahe jeder Sender schickte Chris Rea ›Driving Home For Christmas‹ oder irgendeinen Remix von ›White Christmas‹ in den Äther.

Ich war definitiv keine Sportlerin. Genau das hatte meine Ärztin vor einigen Wochen moniert. »Frau Laverde, bei Ihrer Krankengeschichte! Sie müssen was tun! Das künstliche Gelenk ist auf gesunde Muskeln und Bänder angewiesen.«

Danke dafür. Ich wippte zu ›Kings & Queens‹ von Ava Max. Vielleicht hätte ich mich lieber zu einem Tanzkurs anmelden sollen … Ich öffnete das Fenster einen Spalt und sog tief die winterliche Luft ein. Vor Jahren war ich bei einem Bombenanschlag in Ägypten schwer verletzt worden. Beinahe hätte ich es nicht geschafft. Die moderne Medizin hatte mich am Leben erhalten, bevor mein Selbsterhaltungstrieb wieder angesprungen war, und mich mit diversen Ersatzteilen ausgestattet. Die künstliche Hüfte machte seit einigen Wochen Schwierigkeiten. Hatte ich gedacht. Laut Ärztin war mit dem Gelenk aber alles in Ordnung. In Wahrheit stellte meine Fitness das Problem dar. Sie hatte mir Physiotherapie verschrieben und dringend geraten, Muskeln aufzubauen. »Sie üben eine sitzende Tätigkeit aus! Und so jung sind Sie nicht mehr. Treiben Sie Sport, es wird wirklich Zeit, Frau Laverde.«

Über einen Aushang beim Physiotherapeuten war ich auf eine mehrtägige Schneeschuhwanderung aufmerksam geworden. Für Anfänger und Fortgeschrittene. Wandern mit Schneeschuhen würde Ausdauer und Muskelkraft stärken. Eine Aktivität an der frischen Luft versprach überdies gute Laune. Noch dazu in einer Gruppe Gleichgesinnter, um sich auszutauschen und gegenseitig anzuspornen.

In einem Sportgeschäft in Fürstenfeldbruck hatte ich Schneeschuhe und winterfeste Sportkleidung gekauft. Und nun hockte ich an einem Freitagmorgen im Auto, sollte nachher zu einer auf 2.000 Meter liegenden Hütte aufsteigen, mit Schneeschuhen natürlich. Und beides, also das Aufsteigen und selbiges auf Schneeschuhen, hatte ich in meinem Leben noch nie gemacht. Ich sollte auf einer Berghütte übernachten, den Samstag zu einer weiteren Hütte stapfen, noch mal übernachten und am Sonntag wieder absteigen. In Klammern stand, man könne den Abstieg auch ausfallen lassen und stattdessen mit einer Seilbahn ins Tal zurückkehren. Ein Kleinbus würde uns schließlich zum Ausgangspunkt zurückbringen.

Der Stau löste sich auf. Langsam kroch die Karawane weiter. Bei Oberau kam mir der Nebel plötzlich lichter vor. Helligkeit sickerte durch die weißen Schlieren. Rechts und links erkannte ich die dunklen Rücken felsiger Bergwände. Als ich Farchant erreichte, brach die Sonne durch. Der Schnee glänzte überraschend weiß. Geblendet tastete ich nach der Sonnenbrille in der Ablage. Es war der beinahe dunkelste Tag des Jahres, und ich brauchte eine Sonnenbrille. Vielleicht war dieser ganze Schneeschuh-Wander-Plan doch nicht so schlecht.

2.

»Ich bin der Ernst. Willkommen in Tirol!«

Ein sportlicher Mann Anfang 40 begrüßte die Schneeschuhgruppe. Er trug einen für meine Begriffe riesigen Rucksack, der sich bis zu seinem Hinterkopf auftürmte. Mein Rucksack fasste nur 30 Liter. Er gehörte meinem Lebensgefährten Nero, der das Wochenende an seinem Arbeitsplatz in Brüssel verbringen würde. Dringende letzte Angelegenheiten vor der Weihnachtspause.

Außer Wechselwäsche, Hüttenschlafsack, Erste-Hilfe-Päckchen, Taschenmesser, Stirnlampe, Proviant und den dringenden Kleinigkeiten hatte ich nichts eingepackt. Es würde schwierig genug sein, mich selbst auf einen Berg zu schleppen. Ganz zum Schluss hatte ich noch eine Powerbank in die Außentasche gestopft. Man konnte schließlich nie wissen, wie es da oben auf den Bergen mit dem Strom war.

»Auch wenn mein Name so klingt, als wenn das hier eine seriöse Angelegenheit wird – ich bin sicher, wir werden eine Menge Spaß haben!« Ernst sprach mit Tiroler Akzent. In seinem gebräunten Gesicht nistete ein Lächeln.

Wir standen im Kreis am Rand eines Parkplatzes bei der Skilift-Talstation. Minütlich kurvten mehr Autos heran. Die anderen aus der Gruppe wirkten fast genauso nervös wie ich. Keineswegs so selbstbewusst-sportlich wie die meisten hier, die sich auf dem Parkplatz aus ihren PKW schälten und ihre Gerätschaften bereitmachten.

»Der Aufstieg zur Ahornsteighütte wird um die vier Stunden dauern. Keine Sorge, wir gehen in geruhsamem Tempo. Wir haben genug Zeit. Wer eine zusätzliche Pause braucht, sagt einfach Bescheid. Um 16 Uhr sollten wir spätestens oben sein, damit wir noch vor Einbruch der Dunkelheit ankommen. Okay, wie wär's, wenn ihr euch kurz vorstellt?«

»Hallo. Ich bin die Lilo aus Innsbruck. Gerade 50 geworden.« Die mollige Frau in der roten Skihose lachte. »Und es ist mein erstes Mal auf Schneeschuhen.«

»Franka. Aus München.« Energisch wurde eine bunte Mütze über einen kurzen Haarschopf gestülpt.

»Kea. Münchner Umland«, sagte ich. Mein Wohnort Ohlkirchen war einmal ein gemütliches Dorf gewesen, nun entwickelte es sich zu einem Satelliten der Großstadt. Mein Haus hatte vor Jahren noch einsam mitten in der Pampa gestanden. Nun wucherten Einkaufszentren, Gartenbaucenter sowie deren Zufahrten und Parkplätze allmählich immer näher an mein kleines einsames Paradies heran. In unmittelbarer Nähe war außerdem ein Neubaugebiet ausgewiesen worden. Im Frühjahr sollten die Bauarbeiten beginnen. Irgendwann würde so ein Wohngulag mich verschlucken.

»Bastian. Aus Weßling.« Ein Mann, etwa Ende 40, also meine Peergroup, mit ergrauendem, wenngleich noch dichtem Haar grinste mich an. »Ist das deine Gegend?«

»Nicht ganz.«

»Björn. Aus Bad Tölz.« Der letzte aus der Gruppe, ein hochgewachsener schmaler Mann in schwarzer Skikleidung und dicken Bergstiefeln mit gelben Schnürsenkeln, ersparte mir, genauer werden zu müssen. »Ich hatte vor einem halben Jahr eine Knie-OP. Ich hoffe, ich kann mithalten.« Björns Gesicht hinter der Nickelbrille spiegelte eine Vielfalt von Ängsten. »Und es ist auch bei mir das erste Mal auf Schneeschuhen.«

»Schön!« Ernst lächelte unverdrossen weiter. »Ihr werdet sehen, man gewöhnt sich schnell daran, auf Schneeschuhen unterwegs zu sein. Es ist viel einfacher als das normale Gehen, ihr sinkt nicht ein! Außerdem haben wir wirklich Glück mit dem Wetter.« Er zeigte nach oben in den blauen Himmel. Zustimmendes Gemurmel von den anderen. Ich fühlte mich bemüßigt, ebenfalls zu bestätigen, dass wir echt ein irres Glück mit dem Wetter hatten, während ich am liebsten ins Auto gestiegen und abgefahren wäre. Trotz der Sonne, der weißbedeckten Gipfel, der herrlichen Luft. Trotz des Gefühls von Ferien und Abenteuer, das zwischen all den Sportlern und Skifahrern mit ihren bunten Klamotten vibrierte. Ich war einfach kein Gruppentyp. Und extrovertiert sowieso nicht. Ganz anders als die muntere Lilo, die mit Bastian sofort ein Gespräch begann. Gelächter, Geflirte, Heiterkeit.

Ernst forderte uns auf, die Schneeschuhe anzuschnallen. Wir nahmen einen Seitenweg in den Wald, der vom Lift wegführte. Nach wenigen Minuten liefen wir schon zwischen dicht an dicht stehenden Bäumen. Nur wir sechs. In einer langen Reihe. Ich machte das Schlusslicht. Von Parkplatz und Skilift war nichts mehr zu sehen und zu hören. Eine Hasenspur verlief rechts neben uns, bevor sie sich im Wald verlor. Ich dachte an den Tag, als ich den Aushang beim Physiotherapeuten gesehen hatte. Da hatte das alles sehr akademisch geklungen. Sport, Fitness, Kondition. Nun staubte der Schnee unter meinen Füßen. Ich sah meinen Atem als Dampf vor mir aufsteigen. Riss mir die Mütze vom Kopf und ließ meinen Pferdeschwanz frei baumeln. Von einem Baum rutschte Schnee. Lilo kreischte auf, um gleich danach laut und ausdauernd zu lachen. Eben war der Weg noch gemächlich angestiegen, nun wurde er rasch steiler. Ich zippte meine Jacke ein Stück auf, begann aber schnell zu frösteln. Genervt schloss ich den Reißverschluss wieder. Bastian, der direkt vor mir lief, drehte sich zu mir um. Finster erwiderte ich seinen spöttischen Blick. Als er sich wieder nach vorn wandte, sah ich den Flachmann in der Außentasche seines Rucksacks.

Ich musste verrückt gewesen sein, mich auf so eine Tour einzulassen.

3.

»Kommst du klar, Kea?«

Ernst tauchte neben mir auf. Ich war ein Stück zurückgefallen. Lilo und Bastian stiegen flott auf, dazwischen mühten sich Franka und der hochgewachsene Björn mit der Steigung ab.

»Passt alles, danke.«

»Wie kommst du mit den Schneeschuhen zurecht?«

»Funktioniert gut.« Ich hatte keine Lust zu reden. Wegen des steilen Aufstiegs kämpfte ich ohnehin mit Atemnot.

»In einer Viertelstunde erreichen wir ein Plateau. Dann geht es erst mal flacher weiter«, ermunterte mich Ernst.

Was ›erst mal‹ bedeutete, war mir natürlich bewusst. Später würde es wieder steiler werden. Viel steiler. Schließlich wollten wir eine Hütte erreichen, die auf knapp 2.000 Metern lag. Um nicht allzu verstockt rüberzukommen, fragte ich: »Machst du das beruflich? Oder ist es dein Hobby, Leute auf Berge zu begleiten?«

Ernst lächelte mich an. »Ich war früher im Personalmanagement einer großen Firma beschäftigt. Die Berge haben mich immer fasziniert. Wanderungen waren tatsächlich ein Hobby. Vor ein paar Jahren habe ich umgesattelt und die Bergführerausbildung gemacht. Endlich kann ich draußen sein, sommers wie winters. Ich habe es am Schreibtisch nicht mehr ausgehalten.«

»Ich bin auch Schreibtischtäter.« Ich schnappte nach Luft.

Ernst verkleinerte die Abstände seiner Schritte und passte sich meiner Geschwindigkeit an.

»Bürojob?«

»Selbstständig. Ich schreibe Bücher.«

»Wow, eine Schriftstellerin.«

»Nicht ganz. Ich bin Ghostwriterin. Mein Name steht hinterher nicht auf den Büchern drauf.«

»Das ist ja interessant!« Ernst klang, als fände er das wirklich.

Ich hatte im Lauf der Jahre die Erfahrung gemacht, dass andere meinen Job exotisch fanden, sich für eine Weile von seiner Fremdartigkeit faszinieren ließen, jedoch bald mit mir nichts mehr anzufangen wussten. Irgendwie fiel ich aus der Reihe. Mit mir konnte man nicht über Chefs und Kollegen jammern. Oder über kaputte Büro-Kaffeemaschinen.

»Und was für Bücher schreibst du für deine Kunden?«

»Alles Mögliche. Biografisches. Sogar Kochbücher.«

»Das finde ich spannend. Jeder Mensch erlebt ja Dinge in seinem Leben, die es sich aufzuschreiben lohnen würde. Denke ich jedenfalls.«

Ich warf ihm einen Blick zu. Das Dauerlächeln war verschwunden und hatte einem nach innen gerichteten Blick Platz gemacht. Er brauchte mir nichts zu erklären; ich verstand sofort. Ich kannte solche Momente. Gehörte auch zu den Menschen, die ab und zu von den vergangenen Katastrophen in der eigenen Biografie attackiert wurden. Was ich für überwunden gehalten hatte, warf sich über mich. Ohne Vorwarnung. Brutal. Einfach so. Weil das Gedächtnis des Menschen so funktionierte. Man konnte das Vergessen nicht bestellen. Es gab keine Löschen-Taste. Deshalb suchten mich die Erinnerungen an die Bombenexplosion in Scharm-El-Scheich immer wieder heim. Nicht allzu oft. Manchmal ein ganzes Jahr nicht. Dann plötzlich mehrmals in einer Woche. Schreie, Blut, Schmerz, Getöse. Völlige Lähmung und Hilflosigkeit. Unverständnis, Wut auf das Schicksal. Ohnmacht. Sprachlosigkeit.

»Da hast du recht«, sagte ich schnell, um nicht an diesem verschneiten Hang in einen Flashback zu rutschen. Ich befand mich in Tirol, nicht in einem ägyptischen Badeort. Hier würde keine Bombe explodieren. »Liegen wir eigentlich in der Zeit?«

Ernst setzte zu einer Antwort an, als Lilo vorne laut aufschrie.

Der lange Björn lag im Schnee. Lilo und Bastian huschten ein paar Meter zurück, Franka stand wie unbeteiligt da.

»Was ist passiert?« Ernst schaltete seinen Turbo ein und war in null Komma nix neben Björn.

Ich beschleunigte ebenfalls. Mein Herz hämmerte. Die kalte Luft schnitt mir in die Kehle.

»Ausgerutscht. Oder so. Ich weiß nicht.« Björn wand sich wie eine übergroße schwarze Spinne, der ein paar Beine fehlten. »Tut mir leid.«

Ernst half ihm auf.

»Geht das? Kannst du stehen?«

»Sicher. Es ist nichts Schlimmes passiert, glaube ich.« Björn richtete sich auf.

»Nimm dir einen Moment Zeit. Hast du irgendwo Schmerzen?«

Während Björn seinen langen Körper checkte, berichtete Lilo im Stakkato von Unfällen bei Schneeschuhtouren, von denen sie gehört hatte, wurde jedoch von Bastian unterbrochen, der in seinem Rucksack kramte.

»Hier!« Er hielt Björn den Flachmann hin. »Das hilft immer.«

Björn winkte ab. »Danke. Ich trinke keinen Alkohol.«

»Soll es geben.« Achselzuckend schraubte Bastian das Fläschchen auf und nahm einen Schluck. »Sonst noch jemand?«

Lilo griff sofort zu. Franka wandte sich ab, ging ein paar Schritte, als wollte sie aus dem Dunstkreis der beiden Schnapsdrosseln heraustreten. Dabei bewegte sie sich seltsam steif, als hätte sie Schmerzen. Sie sah blass aus, auf ihrem Gesicht lag ein Schweißfilm. Sie steckte die Trekkingstöcke neben sich in den Schnee und richtete ihren Schal.

Ich setzte meine Mütze wieder auf.

»Was war das denn für eine OP, Björn?«, erkundigte sich Lilo. »Du hast erzählt, die war erst vor einem halben Jahr? Darfst du denn schon wieder so anstrengenden Sport machen? Hast du das O. K. vom Arzt?«

Ich verdrehte die Augen. Franka fing meinen Blick auf und deutete ein Grinsen an.

Björn reagierte gar nicht. Er richtete seinen Rucksack, machte ein paar vorsichtige Schritte.

»Es geht wieder«, sagte er.

Ernst blickte auf seine Uhr. Seinem Gesichtsausdruck nach lagen wir bereits hinter dem Zeitplan.

»In Ordnung. Dann lasst uns weitergehen. Sobald wir auf dem Plateau sind, legen wir eine Pause ein.«

4.

Wir rasteten. Selbst mich warf der Blick fast um. Unter uns lag schwarz der Wald. Über uns ein blauer Himmel. Und rundum blendend weiß der Schnee.

»Der Sattel dort hinten führt zur Ahornsteighütte.« Ernst zeigte auf eine felsige Wand, vor der ein Hang voll unberührtem Weiß lag. »Sieht steiler aus, als es ist, also keine Angst. Jetzt genießt erst mal die Pause.«

Ernst hatte den Jausenplatz gut gewählt. Schnell waren ein Picknicktisch und zwei Bänke vom Schnee befreit. Wir setzten uns. Eng an eng.

»Im Sommer ist unsere Tour ein beliebter Wanderweg. Reguläre Skifahrer werden wir auf der Hütte nicht antreffen. Sie ist zu weit vom Lift entfernt. Höchstens Tourenskigeher suchen sie sich als Ziel aus.«

Ich hörte das Wort ›Tourenskigeher‹ zum ersten Mal. Björn taute auf und berichtete, er sei früher viele Skitouren gegangen, weil er die Aussicht auf die Abfahrt so liebte. Und es sei eben wie das ursprüngliche Skilaufen vor der Erfindung des Lifts: Man musste sich zuerst auf den Berg hinaufkämpfen, um nachher abfahren zu können.

»Ist dein Knie in Ordnung?«, erkundigte sich Lilo freundlich, während sie aus ihrem Rucksack ein Leinentuch nahm, es auf dem Tisch ausbreitete und dicke Hausmacherwürste darauf warf, gefolgt von duftendem Bauernbrot. »Bedient euch.«

»Danke.« Bastian steuerte seinen Flachmann bei. Doch außer Lilo wollte niemand.

Franka biss lustlos in einen Apfel. Björn nickte Lilo nur kurz zu. »Alles in Ordnung.«

Bastian schob den Flachmann in seine Richtung. Björn reagierte nicht.

»Seid ein bisschen vorsichtig mit Alkohol«, warnte Ernst, während er selbst eine Packung Pfefferkuchen auf den Tisch legte. »Wir haben noch eine anständige Strecke vor uns.«

»Jetzt weiß ich, warum du Ernst heißt.« Bastian brach in brüllendes Gelächter aus. »Du bist wirklich einer von den seriösen Bergführern.«

Lilo stimmte kichernd ein. Franka ließ ihren Apfel fallen.

»Fuck!« Sie bückte sich, klaubte ihn aus dem Schnee, wischte darüber und aß weiter.

Ich nahm die Brotbox aus meinem Rucksack und knabberte ein paar Nüsse. Richtigen Hunger hatte ich nicht. In einem Sportblog im Netz hatte ich gelesen, dass Nüsse, Rosinen und andere getrocknete Früchte der ideale Powersnack für Winterwanderungen wären. Außerdem lagen noch ein paar Clif Bars in der Box und ein Schinkenbrot. Ich hoffte auf zünftiges Hüttenessen, sobald wir angekommen wären. Bewegungslos auf der Bank zu sitzen, ließ mich frösteln. Beim Laufen hatte ich die Kälte gar nicht mehr gespürt. Ich cremte mein Gesicht mit Sonnenschutz ein.

»Ihr Frauen seid doch immer super ausgerüstet«, kommentierte Bastian.

Ich steckte die Cremetube weg. »Du nicht?«

»Schon halb eins. Liegen wir wirklich gut in der Zeit?« Björn schien nervös.

»Wie gesagt, bis 16 Uhr schaffen wir es auf alle Fälle.« Ernst knipste sein Lächeln an. »Also keine Aufregung. Die Tour ist so konzipiert, dass alle mitkommen.« Er biss in ein Sandwich.

Außer Lilo schien niemand wirklich Appetit zu haben. Daher hatte auch keiner etwas dagegen, als Ernst seinen Rucksack aufsetzte und zum Aufbruch blies. Ich nahm schnell noch einen Schluck aus meiner Trinkflasche und steckte eine Handvoll Nüsse in meine Jackentasche.

Wir wanderten weiter. Ich bildete weiterhin das Schlusslicht, experimentierte mit meiner Schrittlänge und spürte, wie meine Armmuskeln vom ungewohnten Umgang mit den Trekkingstöcken zu schmerzen begannen. Inzwischen hatte ich mich an die Schneeschuhe gewöhnt und genoss es, durch den Tiefschnee wandern zu können, ohne einzusinken. Zuvor hatte mein Blick konzentriert auf dem Weg gelegen. Nun wagte ich immer öfter einen Rundumblick. Das Karwendel präsentierte sich von seiner besten Seite. Trotz Sonnenbrille musste ich beim Anblick der gleißend weiß überzogenen Berge die Lider zusammenkneifen. Am blauen Himmel zeigte sich nicht eine Wolke. Nach dem Schmuddelwetter der letzten Tage rund um München sog ich dankbar Licht und Sonne auf.

Lilo, die bis eben noch fröhlich an der Spitze gelaufen war, fiel zurück. Bastian blieb an ihrer Seite. Die lebhafte Unterhaltung der beiden schien abzusterben. So stapfte die Gruppe dahin. Ich spürte, wie die Energie, die ich während der Pause getankt hatte, verflog. Ich blieb einen Moment stehen, klaubte Nüsse aus meiner Jackentasche und kaute langsam.

»Kommt mal alle her!«, rief Ernst.

Ich beeilte mich aufzuschließen.

»Seht ihr die Skipiste dort drüben? Die Läufer kommen von der Oberspitz runter. Wir müssen einige 100 Meter am Rand der Piste entlangwandern. Seid bitte vorsichtig, da sind ein paar unübersichtliche Kurven. Nicht alle Skifahrer nehmen Rücksicht. Geht hintereinander.«

»Klar, logisch!« Bastians Gesicht leuchtete rot.

Sonne oder Alkohol, dachte ich. Oder beides.

Wir stapften weiter. Die Skiläufer, die eben noch winzige bunte Punkte gewesen waren, wurden schnell größer. Rote Netze sicherten die Piste, an deren Rand Dickicht wuchs. Im Gänsemarsch quälten wir uns den Hang hinauf, während die Skifahrer in einem Affenzahn Richtung Tal brausten. Ab und zu winkte einer süffisant. Ich hätte den Typen am liebsten den Stinkefinger gezeigt.

Franka ging vor mir. Sie wurde langsamer. Die Lücke zu den anderen weitete sich.

»Willst du überholen?«, keuchte sie mir zu.

»Nein. Gar nicht.«

Ernst ging nun an der Spitze, direkt hinter ihm Björn. Bastian und Lilo bildeten die Mitte.

»Ich glaube, ich kriege eine Erkältung.« Franka blieb stehen, richtete ihren Schal.

Mir blieb nichts anderes übrig, als ebenfalls stehen zu bleiben.

»War vielleicht nicht die beste Idee, heute mitzuwandern. Aber ich hatte mich so auf den Ausflug gefreut.«

Das erstaunte mich. Franka hatte bisher nicht wie jemand gewirkt, der sich auf oder über irgendetwas freute. Eher wie eine Person, die eine lästige Pflicht absolvierte.

»Hältst du durch?«, fragte ich.

»Hilft ja nichts.« Sie zeigte nach unten. »Den ganzen Weg allein zurück? Das schaffe ich nicht mehr.«

Verstohlen sah ich auf die Uhr. Nach eins. Ich griff in meine Tasche und reichte ihr ein paar Nüsse. »Lust auf einen Batzen Energie?«

Sie schüttelte den Kopf. »Sorry, nein, mein Hals ist so rau.«

»Schon in Ordnung.«

Den Skifahrer sah ich aus den Augenwinkeln heranflitzen. Mir fiel die riesige Sonnenbrille auf, das blonde Haar, das unter seinem Stirnband wehte. Er sauste in kurzen Schwüngen die Piste herab und kam uns immer näher.

»Vorsicht!«, schrie ich, machte ein paar Schritte zur Seite. Verhedderte mich mit meinen Schneeschuhen im Gestrüpp, stürzte und kullerte ein Stück, bis mich das Sicherungsnetz auffing. Von Franka hörte ich nichts. Ich sah nur, wie sie zu Boden ging. Pulverschnee sprühte mir wie Gischt entgegen. Ich kniff die Augen zusammen. Eiskalt klatschte mir der Schnee ins Gesicht. Instinktiv wandte ich mich ab.

Als ich den Blick hob, war alles seltsam ruhig. Franka lag im Schnee. Während ich mich hochkämpfte, sah ich Ernst den Hang herunterlaufen. Er hielt beide Trekkingstöcke in einer Hand und winkte mit der anderen. Ich machte ein paar Schritte auf Franka zu.

Sie lag bewegungslos da. Die Mütze war ihr von Kopf gerutscht. Blut rann in den Schnee.

5.

»Franka?«

Ernst redete ganz ruhig mit Franka, während er aus seinem Rucksack eine Wärmefolie und eine Erste-Hilfe-Tasche nahm. Daraufhin wies er mich an, Franka zuzudecken, während er bereits das Blut von ihrer Schläfe tupfte. Die anderen standen um uns herum.

»Das ist keine sehr schwere Verletzung«, murmelte er. »Franka?«

»Es ging ihr schon vorhin nicht gut«, sagte ich leise. »Angeblich spürte sie eine Erkältung.«

»Ich für meinen Teil habe mein eigenes Desinfektionsmittel.« Bastian setzte seinen Flachmann an die Lippen.

»Das interessiert jetzt keinen!«, fauchte ich ihn an.

»Hört, hört!« Grinsend reichte er seinen Flachmann an Lilo weiter.

Mir platzte fast die Hutschnur, doch Ernst warf mir einen mahnenden Blick zu. Also biss ich mir auf die Lippen und schluckte die Bemerkung, die mir auf der Zunge gelegen hatte, herunter. Frankas wachsweißes Gesicht bekam ein wenig Farbe.

»Was ist denn überhaupt passiert?«, fragte Björn.

»Ein Skifahrer ist uns zu nahe gekommen. Ich bin ausgewichen, aber Franka kam nicht rechtzeitig aus der Schusslinie. Er muss sie voll umgerannt haben.«

»Hast du dir gemerkt, wie der aussah?«, wollte Lilo wissen.

»Ein Mann, groß, Stirnband, blondes Haar, Sonnenbrille.«

»Gigantisch«, unkte Bastian. »Trifft auf 50 Prozent der Skifahrer zu, schätze ich.«

Ernst nahm sein Handy aus der Tasche. Führte ein kurzes Gespräch, von dem ich dialektbedingt nur die Hälfte verstand.

»Rowdys auf den Pisten sind leider nicht selten«, sagte er, als er aufgelegt hatte. »Ich habe der Bergwacht Bescheid gegeben. Vielleicht ist jemandem was aufgefallen, der den Typen genauer beschreiben kann. Hallo? Franka?«

Er rieb behutsam ihre Wangen. Sie öffnete die Augen.

»Ach, Herrgott, endlich!«, flötete Lilo.

»Franka? Kannst du mich hören?«

Sie nickte.

»Hat jemand Wasser parat? Oder einen Schluck Tee?«

Ich reichte Ernst meine Trinkflasche.

Es dauerte ein paar Minuten. Unser Grüppchen rückte am Rand der Piste enger zusammen. Die Skiläufer sausten immer noch mit halsbrecherischer Geschwindigkeit an uns vorbei. Wenigstens hielten sie ausreichend Abstand.

Endlich richtete Franka sich auf. »Was ist los?«

Ich wollte einspringen, sagen: Eine Pistensau hat dich umgerannt, doch Ernst fragte: »Kannst du dich erinnern, was passiert ist?«

Franka suchte meinen Blick. Ich versuchte, aufmunternd zu lächeln.

»Bin ich gestürzt oder was?« Sie hob die Hand, um über die Wunde an der Schläfe zu tasten.

»Warte kurz!« Ernst hielt ihre Hand fest, sah mich an. Ich schnappte mir die Erste-Hilfe-Tasche, fand schnell die Pflaster, reichte Ernst eines. »Hier, die Größe sollte passen.«

Konzentriert klebte er es auf die Wunde.

»Ist das was Schlimmes?« Franka klang alarmiert. Stück für Stück brach der Schock durch.

»Sieht so aus, als wenn du im Dickicht an einem Zweig hängengeblieben bist. Ein Dorn hat dir die Haut aufgeritzt. Blutet schon nicht mehr.«

Ernst half Franka auf.

Mit amüsiertem Gesichtsausdruck sah Bastian zu. »Vielleicht doch ein Schlückchen Hochprozentiges? Für die Nerven?«

Niemand beachtete ihn. Nur Lilo kicherte.

Ein Geräusch lenkte mich ab. Ein Surren, wie von einer Hummel. Nonsens. Natürlich. Mein Hirn fing an, durch die Dauerbelastung auszuticken. Genervt blinzelte ich in das unverschämte Blau über mir. Nichts zu sehen. Nur ein kurzes Blitzen. Dann wieder das Surren. Recht nah.

»Da ist eine Drohne!«, sagte ich. Niemand hörte mir zu. Alle waren mit Franka beschäftigt.

»Sie kann doch nicht weiterlaufen!«, fuhr Björn gerade auf. »Sie hat einen Schock, verdammt noch mal, wie soll sie den Berg da hochkommen?«

Ich bewunderte Ernst, der äußerlich völlig gelassen blieb.

»Franka kann das selbst am besten beurteilen. Was meinst du, Franka? Sollen wir versuchen, weiter aufzusteigen?«

Franka ging ein paar Schritte, schüttelte Arme und Beine. »Ja, ich glaube, es geht.«

Ernst sah mich an. »Halte dich hinter ihr. Sprich mit ihr, lenke sie ein bisschen ab«, sagte er halblaut. Dann rief er den anderen zu: »Bitte einreihen, wir laufen weiter.«

»Okay.« Ich warf noch einen Blick nach oben. Von der Drohne war nichts mehr zu sehen und zu hören.

Im Gänsemarsch stapften wir los. Franka schien schnell in ihren alten Gehrhythmus zu finden. Sie lief langsam, doch ihre Schritte wirkten sicher.

»Hast du Schmerzen?«, fragte ich.

»Nein, es brennt nur ein bisschen an der Schläfe.«

Ich ließ den Blick schweifen. Wir näherten uns einer Kurve, in der die Piste nach links führte. Ernst, der sich an die Spitze gesetzt hatte, zeigte nach rechts. Tatsächlich erkannte ich dort eine Wanderwegmarkierung. Beruhigt knabberte ich ein paar Nüsse. Die Strecke an der Skipiste entlang war eine Schnapsidee. Das Zusammentreffen zwischen bergab rasenden Skiläufern und bergauf steigenden langsamen Wanderern konnte nicht gut gehen. Mir wurde bewusst, dass niemand angehalten hatte, als wir Franka versorgt hatten. Als wenn man unser Grüppchen einfach nicht wahrgenommen hätte.

Wir näherten uns dem Wegweiser. Ernst blieb stehen, sagte irgendetwas, was Bastian zu einer ätzenden Bemerkung veranlasste. Ich hörte Lilo auflachen. Björn machte ein finsteres Gesicht.

»Alles gut bei dir?«, fragte ich ihn, als ich mit Franka zur Gruppe aufschloss.

Er reagierte nicht.

»Hallo? Björn?«

Er fuhr herum. »Was denn!«

»Bist du in Ordnung?«

»Ja, klar, frag lieber Franka, wie es ihr geht.«

Franka stützte sich schwer auf ihre Trekkingstöcke.

Sie war stehend k. o., schien aber nicht willens zu sein, genau das zuzugeben. Matt wischte sie sich mit dem Ende ihres Schals übers Gesicht.

Ich wagte einen Blick auf den Wegweiser.

Ahornsteighütte 1 h

Es war kurz nach halb drei. Ernsts Zeitplan war ganz schön durcheinandergeraten.

6.

Der Weg stieg nur noch ganz schwach an. Wäre nicht Franka vor mir hergestolpert, hätte ich den Blick auf die umliegenden Gipfel, die sich im Licht der einbrechenden Dämmerung in zartes Rosé kleideten, viel mehr genießen können. Ich war kein Naturmensch. Zwar mochte ich die Einsamkeit und Ruhe draußen, doch dass ich mich voller Eifer in ein Outdoor-Abenteuer stürzen würde, wäre mir noch vor Kurzem nicht in den Sinn gekommen. Diese verdammte Physiotherapie. Und dieser beknackte Aushang …

Meine Hüfte machte bisher erstaunlich gut mit. Meine Oberschenkel allerdings brannten. Vom Schwingen der Trekkingstöcke taten mir die Schultern und Oberarme weh. Ich musste wirklich eine extrem unfitte Schreibtischtäterin geworden sein. Letztlich war ich ganz dankbar für Frankas Schneckentempo. So fiel wenigstens nicht auf, dass ich selbst ziemlich erledigt war. Es wurde schnell dunkel, das Farbenspiel würde bald erlöschen. Die Luft fühlte sich kälter an. Eine einzelne Wolke kroch über den Horizont, knallrot, dick, unförmig, an den Rändern ausgefranst. Ich runzelte die Stirn. Den ganzen Tag lang war der Himmel völlig klar gewesen.

Selbst Bastian schien seine Redseligkeit verloren zu haben. Rechts und links wuchsen Fichten, klein, die meisten gingen mir gerade bis zum Bauchnabel. Links stieg jetzt der Hang steil an, so als habe sich überraschend der Rücken eines Riesen in die Landschaft geschoben. Es kam mir vor, als würde die Gruppe das Tempo steigern. Der Abstand zwischen Franka und den anderen vergrößerte sich zusehends. Ausgelaugt starrte ich auf die Spuren im Schnee. Allmählich wurde mir kalt, trotz der Bewegung. Ich war dabei, mich zu übernehmen.

»Servus, lass mich kurz vorbei, sei so nett!«, quatschte mich plötzlich jemand von hinten an.

Ich fuhr zusammen.

»Sorry, wenn ich dich erschreckt habe.«

Im Zwielicht sah ich einen Mann, ein paar Ski auf der Schulter, einen Rucksack auf dem Rücken, an dem die Stöcke befestigt waren. Mit federnden Schritten zog er an mir vorbei.

»Danke!«

»Bitte«, murmelte ich. Nur, um gleich wieder abgedrängt zu werden.

»Tonio, warte!«, rief eine weibliche Stimme hinter mir.

Eine Frau, fast ebenso athletisch, überholte mich. Sie ließ sich nicht einmal zu einem Gruß hinreißen. Stattdessen schwang sie, kaum war sie auf meiner Höhe, ihre Ski auf die andere Schulter, wobei sie um Haaresbreite meinen Kopf erwischt hätte.

»Vorsicht!«, knurrte ich sie an.

Sie reagierte nicht, sondern beschleunigte, um ihren Tonio einzuholen.

»Wer sind die denn?«, schnaufte ich. Mittlerweile war ich richtig genervt. Vollkommen ausgepowert. Wie ich morgen überhaupt auf meinen Füßen stehen, geschweige denn durch den Schnee wandern sollte, konnte ich mir beim besten Willen nicht vorstellen. Ich war wütend auf mich selbst, weil ich mich auf diese idiotische Wanderung eingelassen und meine Kräfte dabei anscheinend vollkommen falsch eingeschätzt hatte.

»Skitourengeher«, antwortete Franka. »Die steigen auf den Berg und fahren dann durch den Tiefschnee ab.«

»Jetzt noch? Es ist fast dunkel.«

»Nein, sicher erst morgen.«

Die Aussicht, dass eine Gruppe durchtrainierter Sportler ebenfalls auf der Ahornsteighütte übernachten würde, trieb mir fast die Tränen in die Augen. Ein Königreich für ein Bett. Mein Bett.

»Geht's dir einigermaßen?«, fragte ich pflichtschuldig, während ich die letzten Nüsse aus meiner Jackentasche snackte.

»Hm, ja, schon okay, danke.«

Ich hatte kaum noch daran geglaubt, doch nach etwa

20 weiteren Minuten, in denen ich den Augenblick verfluchte, als ich die Werbung für diese Tour entdeckt hatte, zeichnete sich etwas weiter oben die Silhouette eines Hauses ab. Beleuchtete Fenster! Man hörte Stimmen und Musik. Chris Rea. ›Driving Home For Christmas‹.

»Ist das die Ahornsteighütte?«, keuchte ich. Bitte, lass es die Hütte sein. Ich werde auch nicht über die Musikauswahl meckern.

Franka sparte sich eine Antwort. Sie schleppte sich die letzten Meter weiter. Von unserer Gruppe war nichts mehr zu sehen. Mit Ernst würde ich ein Wörtchen zu reden haben! Doch als Erstes wollte ich einfach nur ankommen, wollte ins Warme, wollte meine Ruhe. Mich hinsetzen, Stiefel ausziehen, Beine ausstrecken. Wie in Trance setzte ich Fuß vor Fuß. Hieb die Stöcke in den Schnee, als könnte ich meinen Zorn auf mich selbst auf diese Weise an den Berg übergeben. Die letzten Meter waren sehr steil. Unter meinen Sohlen war der Schnee von vielen Wanderern vom Felsen gebürstet worden. Wir kletterten über den nackten Stein. Ein Handlauf neben uns sicherte die Passage. Ich nahm die Stöcke in die eine Hand und zog mich daran nach oben. Jeder Schritt schien mir ein Sieg über meine Erschöpfung. Ich heftete meinen Blick auf die mit Schindeln verkleidete Berghütte, ein vor der Felswand dahinter beinahe winzig aussehendes Haus mit kleinen Fenstern und roten Läden daran.

Die Musik wurde lauter. Ein paar Leute johlten. Eine breite Terrasse war in eine Disko verwandelt worden.

Auf Biertischen standen Gläser mit Kerzen. Fackeln steckten im Schnee und warfen tanzende Schatten an die Hauswand. Über der Eingangstür baumelte ein Mistelzweig. Vor den Fenstern waren Weihnachtsgirlanden angebracht worden: Sterne in allen Farben. Es herrschte Partystimmung. Fehlte nur noch die große Glitzerkugel.

»Da seid's ja! Herzlich willkommen auf der Ahornsteighütte!« Eine Frau mit einem dicken blonden Zopf, der dekorativ über ihrer Schulter lag, kam auf uns zu. »Ich bin Isolde, die Hüttenwirtin.«

»Hi«, grummelte ich, während Franka gar nichts sagte, sondern sich auf eine der Bierbänke fallen ließ. Ich wandte mich um. Nach drei Seiten hin Bergpanorama. In der zunehmenden Dunkelheit glänzte der weiße Schnee in einem märchenhaften Blau. Weit weg waren die Lichter einzelner Berghütten zu sehen, winzige Erinnerungen daran, dass sich dort Menschen aufhielten. Noch höher oben blinkten die Positionsleuchten eines Flugzeugs im tiefblauen Abendhimmel. Die Erfahrung dieser friedlichen, samtenen Weite zog mir für einen Moment den Stecker. Die Nacht tat mir gut. Ich hatte das Gefühl, mich selbst in der Dunkelheit aufzulösen, mitsamt meiner Erschöpfung. Nicht mehr sichtbar zu sein, mich nur auf das konzentrieren zu müssen, was hervorstach. Meine Arme brannten. Ich lehnte die Trekkingstöcke gegen das Terrassengeländer.

»Außer euch bleiben heute auch noch ein paar Skitourengeher bei uns. Die sind in Feierlaune, merkt ihr ja«, fuhr Isolde fröhlich fort. Ihre Stimme war tief und dunkel und ein bisschen rauchig.

Party am Berg! Ich mochte schon im Tal keine Partys. Vorsichtig nahm ich den Rucksack ab und kramte einen Powerriegel hervor. Erst jetzt meldete sich der Hunger mit voller Wucht. Die kurze Euphorie von eben verflog.

»Keine Sorge, Essen wartet auf euch. Dauert nicht mehr lang, in der Küche zaubern wir gerade was Schönes.« Sie lächelte Franka zu und hakte sich bei ihr unter. »Kommt mit rein.«

Der Modellathlet, der vorhin an Franka und mir vorbeigezogen war, wurde auf uns aufmerksam. Er hielt einen Becher in der Hand, prostete spöttisch in meine Richtung. Das fehlte mir noch. In dieser Situation angeflirtet zu werden. Neben ihm hüpfte eine Blondine im Takt der Musik auf und ab. »Saskia«, kreischte sie, »machst du mal ein Bild von uns?«

Ich erkannte die Stimme der Tussi, die mir beinahe ihre Ski ins Gesicht gewuchtet hätte.

Na, bravo. Mir würde nichts anderes übrig bleiben, als mit diesem Partyvolk irgendwie zurechtzukommen, bis ich mich in die Horizontale legen konnte. Und das würde bald der Fall sein. Nur noch essen und dann schlafen. Ich schnallte gerade die Schneeschuhe ab, als Ernst neben mir auftauchte.

»Alles in Ordnung mit Franka?«

»Das glaube ich kaum. Und wer sind diese Clowns? Geht das die ganze Nacht so weiter?«

Er sah mich befremdet an. »Himmel, bist du empfindlich. Die haben Spaß, feiern ein bisschen.«

Ich hätte ihm gern einiges um die Ohren gehauen. Dass ich seine Tour für alles andere als für anfängertauglich hielt. Dass ich größte Lust hätte, einfach auszusteigen. Womöglich würde ich bei Helligkeit den Rückweg sogar allein finden. Mein Magen knurrte. Aus den Augenwinkeln sah ich, wie Bastian sich bereits trinkend mit den Skitourengehern verbrüderte. ›Jingle Bell Rock‹ tönte über die Terrasse.

»Ich zeig dir die Schuhkammer«, bot Ernst an, jetzt wieder ganz in verständnisvollem Ton. »Isolde bringt euch gleich auf euer Zimmer.«

Ich folgte Ernst nach drinnen. Wärme umfing mich. Es roch nach Holz und Rauch. Und nach geröstetem Speck. Mir lief das Wasser im Mund zusammen. An der Wand klebte ein laminiertes Schild mit dem WLAN-Passwort. Links führte eine Tür in eine Gaststube, wo eine junge Frau mit kurzen braunen Haaren gerade die Kerzen auf einem Adventskranz anzündete. Sie winkte mir freundlich zu. »Hallo, ich bin die Laura! Schön, dass ihr da seid.«

Ich nickte ihr zu.

»Schneeschuhe und Schuhe bitte hier lassen«, sagte Ernst.

Isolde kam um die Ecke. »Leider nutzen wir die Schuhkammer gleich mit als Skistall. Ist halt nicht viel Platz bei uns. Wollt ihr euer restliches Gepäck nach oben bringen?«

Neben mir stand Franka. Sie war kaum noch imstande, sich auf den Beinen zu halten. Ich musste ihr helfen, die Schuhe auszuziehen.

Ein Königreich für ein Einzelzimmer, dachte ich noch, am besten mit Roomservice, ehe ich, auf Socken und Franka im Schlepptau, Isolde eine Treppe hinauf folgte.

»Hier ist das Bad. Duschen mit Münzeinwurf. Ein Euro für zwei Minuten. Und hier sind die Schlafzimmer.« Sie öffnete eine Tür. »Das ist eures.«

Drei Stockbetten. Auf zweien lag bereits der typische Tourenkrimskrams. Schlafsack, Powersnacks, Brotzeitdosen, Stirnlampen. Auf einem Tisch hatte jemand eine Kamera mit mehreren Objektiven und diversen Technikkram hinterlassen.

»Richtet euch schön ein. Essen gibt's in einer halben Stunde.«

Isolde verschwand. Mit einem Stöhnen ließ sich Franka sofort auf das nächstbeste Bett fallen. Damit waren die unteren Positionen besetzt. Ich wuchtete meinen Rucksack auf das obere. Kletterte hinterher. Stieß mir den Kopf an der Zimmerdecke. Unterdrückte ein Fluchen. Rollte mich zusammen, spürte den Schmerzen in Armen und Beinen nach.

Von unten hörte ich ein Geräusch. Leises Schluchzen.

Franka.

7.

ISOLDE, 41, Hüttenwirtin

Ich bin der Meinung, es tut gut, Vergangenes ruhen zu lassen. Sämtliche Psychologen reden uns ein, man müsste aufarbeiten. Mag sein, dass das stimmt. Doch Wunden immer neu aufzureißen bringt wenig. Wie könnten sie dann heilen?

Meine Wunden sind nicht wie deine. Meine sind unsichtbar. Immer gewesen. Du könntest jetzt sagen, ich habe es gut, und es gibt wirklich Menschen, die mir genau das um die Ohren hauen: Ich sei privilegiert, brauche mich nicht zu beschweren. Habe doch alles. Verrückt, nicht wahr? Klar, ich habe meinen Job. Viele halten den für den absoluten Traumjob.

Ich war auch wahnsinnig glücklich, als sich die Dinge in die richtige Richtung entwickelten. Ich habe lange dafür gekämpft, diese Hütte zu bewirtschaften. Man macht Pläne, und sie gehen auf. Doch kennst du den Spruch, man sollte sich vorsehen, wenn die eigenen Wünsche in Erfüllung gehen? Da ist viel Wahres dran.

Mit der Liebe habe ich Pech. Ursächlich hängt das mit der Arbeit zusammen. Davon bin ich überzeugt. Du kannst nicht beides haben. Glück im Beruf, Pech in der Liebe, heißt es immer. Damit arrangierst du dich irgendwann. Wenn unerwartet eine verwandte Seele auf dich zukommt, eine Begegnung wie ein Blitzschlag, erlebst du das am Anfang als totales Chaos. Du hast Gefühle, fragst dich, ob du träumst oder nicht, ob das wahr sein kann oder nicht. Deine Gefühle werden erwidert. Sobald du es merkst, drehst du fast durch. Du hast gelernt, dass großes Glück schnell ins Gegenteil umschlägt, also bist du vorsichtig. Schließlich wagst du, happy zu sein. So richtig happy. Schweben auf Wolke sieben. In den Bergen legen sich dir oft genug die Wolken direkt auf den Kopf, drücken dich runter, wenn tagelang die Sonne nicht rauskommt. Also ist das Schweben eine besondere Erfahrung. Schnell wirst du süchtig. Alkohol ist eine Sache: Kurz hellt er deine Stimmung auf, aber viel zu schnell wirst du müde und deprimiert. Wenn man sich verliebt allerdings …

Jeder Mensch kennt das. Den Genuss, sich einem Rausch hinzugeben. Wer eine Skipiste runterrast, fühlt sich lebendig. Eine flotte Abfahrt kann man mehrmals am Tag hinlegen. Im Verhältnis zwischen Menschen jedoch gibt es nicht allzu viele Höhepunkte. Manche Leute brechen alte Beziehungen ab, um sich neu zu verlieben, immer wieder. Sie wollen dieses Gefühl nicht missen, dass jetzt, mit diesem einen anderen Menschen, alles möglich ist. Das große Glück muss es sein, ständig neu. Für diese Typen ist Gleichmaß Gift. Andere schätzen es, wenn das Leben einfach so dahinplätschert und nicht permanent was Neues hereinbricht. Kein Gefühl von Halleluja, lieber eine flache Kurve ohne große Ausschläge nach oben und unten.

Ich nehme an, du bist jemand, der Einsamkeit kennt. Das habe ich so im Gefühl. Verlassen werden ist die

Steigerung von Einsamkeit. Ich bin oft verlassen worden. Lag es an mir? Diese Frage stelle ich mir von Zeit zu Zeit. Mich erstaunt nur, dass jedes Mal die Liebe stirbt, und zurück bleiben Wut und innere Kälte. Das geht so weit, dass man dem anderen, dem, der einen verlassen hat, nur das Schlechteste wünscht. Dass ihn beim Scheißen der Blitz trifft. So was. Albern. Ein echtes Gefühl eben.

Ich will damit sagen: Du kannst drüber weg sein. Gar keine Frage. Aber wenn du diesen Verrat aus irgendwelchen Gründen neu erlebst, der Zorn darüber neu hochkocht ... dann befindest du dich in einer anderen Dimension. Nichts ist mehr sicher. Wie du reagieren wirst zum Beispiel. Niemand ist davor gefeit, durchzuknallen und ... du weißt schon.

8.

Nach ein paar Minuten auf dem Bett rappelte ich mich auf und machte mich im Waschraum frisch, vermied aber die Dusche mit dem Münzeinwurf. Das Lachen und Johlen von der Terrasse war überdeutlich zu vernehmen. Die Partystimmung steigerte sich offenbar noch. Als ich mit Handtuch und Waschzeug unter dem

Arm zu unserem Zimmer zurückging, hörte ich eine tiefe Stimme am Fuß der Treppe. Neugierig blieb ich stehen.

»Ernst, grüß dich.«

»Hallo, Günther.« Ernsts Stimme klang gepresst.

»Lange nicht gesehen.«

»Das stimmt. Du führst die Skitourengeher?«

»Genau. Mein typischer Winterbrotjob. Sag mal … hast du auch die Wettervorhersage gesehen?«

»Habe ich. Gestern sah alles noch ganz anders aus.«

Der Mann, der Günther hieß, seufzte. »Das wilde Leben in den Bergen. Unberechenbar.«

»Wenn du so willst… Dennoch, so einen unerwarteten Wetterumschwung habe ich noch nie erlebt.«

Ich war drauf und dran gewesen, ins Zimmer zurückzugehen, doch das Wort »Wetterumschwung« hielt mich an Ort und Stelle.

»Wann, meinst du, geht es los?«

»Ab sieben Uhr in der Früh. Ich habe gerade bei einem Kumpel von der Bergwacht nachgehakt«, erklärte Günther. Er klang, als sei es ihm wichtig, dass ein Experte sein Gesprächspartner gewesen war. »Aber wenn du mich fragst – der Schnee kommt schon heute Nacht, so viel ist sicher. Ich habe einen Riecher für so was.«

»Sofern du ihn nicht mit Alkohol betäubst«, bemerkte Ernst spitz.

Günther lachte. »Du weißt, wie Gruppen drauf sind. Vor allem im Winter. Die Kälte kann einem zusetzen. Da ist so ein Jagertee eine feine Sache.«

»Nicht wirklich, und das weißt du.«

»Ich betrinke mich nicht. Schon gar nicht am Berg.«

Die Männer schwiegen. Die Stille war zum Schneiden. Etwas Galliges lag in der Luft. Ich wagte nicht, mich zu rühren, ein Knarren des Holzbodens hätte mich sofort verraten. Lauscher an der Wand war nicht gerade eine in gutem Ruf stehende Tätigkeit.

Schließlich räusperte sich Günther und sagte: »Du hast recht, Ernst, Alkohol ist ein verdammtes Problem am Berg. Ich achte auf meine Gruppe, keine Sorge. Lass sie sich noch ein bisschen austoben. Wir haben heute schon zwei Aufstiege hinter uns. Der Tiefschnee ist eine Wucht. Das ist echt was anderes als die Piste.«

»Ein Irrer hat vorhin ein Mitglied meiner Gruppe umgerannt.«

»Einer von den Abfahrtsläufern? Ich habe dir schon öfter gesagt, die Strecke an der Piste entlang ist Wahnsinn.«

»Sie ist aber kürzer als der Weg hintenrum.«

Mir schwirrte der Kopf. Irgendwie hatte ich den Eindruck, die beiden Männer umkreisten sich wie gereizte Raubkatzen. Und jeder warf dem anderen irgendein Fehlverhalten vor. Entweder Alkoholseligkeit oder falsche Wegstrecken.

»Die sind nicht so fit, deine Leute, was?«, fragte Günther. »Sammelst du immer noch die medizinisch Angeschlagenen auf?«

Die Stimmung unten knisterte.

»Das sind Leute, die nach Krankheit oder OP wieder fit werden wollen. Daran ist nichts auszusetzen.«

»Nein, ist es nicht. Du solltest deine Touren halt anpassen. Die zwei Frauen, die als letzte eingelaufen sind, waren ziemlich am Limit. Vor allem die dicke.«

Mein Kopf wurde heiß. Ich wartete, obwohl die Unterhaltung beendet schien. Irgendwo unten öffnete sich eine Tür.

»Wir wollen essen!«, rief eine Frauenstimme.

Jemand kam die Treppe herauf. Ich blieb stehen. Sah Ernst auftauchen.

»Hallo, Kea.«

»Hi, Ernst. Lange nicht gesehen.«

Er sah mich irritiert an.

»Was habe ich da gehört? Wir kriegen einen Wetterumschwung?«

»Hast du …«

Ich verschränkte die Arme. Sofortige Flucht nach vorn war jetzt das Mittel der Wahl. »Also?«

Ernst winkte ab. »Ich kenne Günther. Er dreht gern hoch.«

»Was heißt das? Gibt es einen Wetterumschwung oder nicht? Wie sieht der aus? Und hat er Einfluss auf unsere Wanderung?«

Ernst senkte die Stimme. »Es ist Schnee angekündigt. Davon war gestern noch keine Rede. Du kannst mir glauben, dass ich die Prognosen vor einer Tour immer sehr genau checke.«

»Was bedeutet das jetzt? Können wir morgen weiter?«

»Schwer abzusehen. Wenn es zu heftig schneit, müssen wir einen Tag abwarten.«

»Wie bitte?« Ich wollte nicht glauben, was ich hörte. »Du meinst, wir müssen auf dieser Hütte hier rumsitzen und auf bessere Zeiten warten?«

»Das ist ja nicht so ungewöhnlich im Winter in den Bergen.«

»Dass man einschneit?«

»Nein, dass Pläne nicht aufgehen. Von Einschneien ist keine Rede. Mensch, Kea, jetzt lass uns doch erst mal abwarten. Niemand hat was davon, wenn alle nervös werden, also sei so nett und rede nicht groß drüber.«

»Das ist ja wohl völlig weltfremd!« Mir ging der Gaul durch. »Schlechte Nachrichten verbreiten sich schneller als Kakerlaken in einer Frittenbude. Die Schätzchen aus der anderen Gruppe sehen mir nicht gerade verschwiegen aus. Und ihr Guide auch nicht.«

Ernsts Gesicht verfinsterte sich. Wieder erblickte ich hinter der freundlichen Fassade etwas Dunkles. Als zöge er sich in einen eigenen Raum zurück, wohin ihm möglichst niemand folgen sollte.

»Du kennst Günther gut?«, fragte ich, noch immer ganz auf Krawall gebürstet.

»Man begegnet sich ab und zu. Er macht denselben Job.«

»Du betreust die Pfeifen, die sich kaum auf den Beinen halten können, während er sich um den Jetset kümmert.« Ich bemerkte die Schweißperlen auf Ernsts Stirn. Ich sollte Ruhe geben. Aber ich war wütend auf mich selbst, irgendwie. Günthers gehässige Bemerkung steckte mir zusätzlich zur körperlichen Erschöpfung in den Knochen. Ich kam nicht zurecht mit meiner Schwäche. Oder mit dem, was ich als meine Schwäche empfand. Meine miese Kondition, der Schreck über Frankas Unfall, der Frust, weil ich in einem Mehrbettzimmer schlafen musste. Und jetzt noch die Aussicht auf schlechtes Wetter. In meiner Fantasie entstand bereits das Bild einer abgeschiedenen Berghütte, auf der die Eingeschneiten zu Kannibalen wurden und die letzten Überlebenden von einem Helikopter evakuiert wurden.

»Pass mal auf, Kea. Du kanntest die Bedingungen für diese Tour und hast ihnen zugestimmt. Und übrigens: Niemand nimmt es dir krumm, wenn du die Wanderung abbrichst.«

»Abbrechen? Holla!« In mir keimte so etwas wie eine absurde Hoffnung auf. »Willst du mir sagen, dass ich mich morgen allein wieder ins Tal durchschlage, falls ich den Weg finden sollte?«

Ernst verschränkte die Arme. »Deine schlechte Laune brauchst du nicht an mir auszulassen. Wenn du Probleme hast, sprich drüber oder komm drüber weg. Und wenn es dich beruhigt: Die nächste Seilbahn ins Tal erreichst du ohne große Steigung in einer einstündigen Wanderung.«

Er machte kehrt und ging die Treppe hinunter. Ich starrte ihm hinterher. Peinlich berührt, weil ich ihm gegenüber aggressiv geworden war. Mich seltsam entblößt fühlte.

»Kommen jetzt bitte alle zum Essen?«, rief Isolde von unten. Ihre dunkle, rauchige Stimme erinnerte mich an eine Jazzsängerin. Ich kam nur nicht auf den Namen.

9.

»Skifoan is des leiwandste, was ma si nur vorstelln ko!« Ein junger Mann mit blonden Locken hüpfte auf und ab und krakeelte: »Skifoan!«

»Komm runter, Dennis.« Eine Brünette mit Sommersprossen und Sonnenbrand tippte ihn an die Schulter.

»Saskia, lass ihn, er kann so schön singen!«, kicherte eine andere. »Fast besser als Wolfgang Ambros.«

Ich stand im Speiseraum und fühlte mich deplatziert. Der Tisch war weihnachtlich gedeckt, die Kerzen auf dem Adventskranz brannten. Sternenlichterketten hingen an den Fenstern. Die Papierservietten waren mit rotbackigen Weihnachtsmännern bedruckt. Ich setzte mich neben Björn. Zum ersten Mal sah ich ihn nicht in schwarzer Skimontur, sondern in einem roten Pulli und Sweatpants. Darin machte er ganz gut was her. Auch Ernst und Lilo hatten sich schon eingefunden.

»Hab ich einen Hunger«, sagte Lilo und griff nach ihrem Besteck. »Als Kind habe ich mit meinen Eltern oft Hüttenwanderungen gemacht. Im Sommer. Und ratet, was mein Lieblingsessen war.«

Niemand fühlte sich bemüßigt zu antworten.

Isolde schleppte zwei dampfende Platten herbei. »Greift alle zu! Wir fangen an mit Käse und Schinken in Blätterteig.«

»Gibt es auch eine vegane Variante?«, erkundigte sich eine der Skitourengeherinnen. Es war die, die mich mit ihren Skiern fast enthauptet hätte. Sie hatte ihr Shirt ein wenig hochgezogen, sodass zwischen Hose und Shirt ihr durchtrainierter Bauch zu sehen war. »Ich achte auf meine Ernährung.«

Isolde stellte die Platten ab. »Selbstverständlich.« Sie zwinkerte mir zu. »Anita arbeitet als Sportmodel, müsst ihr wissen.«

»Nee, muss ich nicht wissen«, murmelte ich genervt.

Lilo grinste mich an. Erstmals an diesem Tag stellte sich so etwas wie Einverständnis zwischen uns ein.

Laura kam aus der Küche. Vorsichtig trug sie eine dampfende Platte vor sich her. »Bitte schön, für die Veganer!«

»Der Mensch ist, was er isst«, verkündete Anita. Ihr langes blondes Haar war im Nacken zusammengebunden. Sie sah enorm sexy und gleichzeitig sportlich aus. Schlank im Sinne von durchtrainiert, nicht im Sinne von zart.

Ich griff zu, nahm mir eine Blätterteigpastete. Der geschmolzene Käse duftete.

»Nimmst du Franka was zu essen mit rauf? Oder soll ich das machen?« Lilo sah mich fragend an.

»Mach du das.« Ich griff zum zweiten Stück. Björn schenkte mir ungefragt Apfelsaft ein.

»Wo ist eigentlich unser Schluckspecht Bastian?«, fragte ich ihn halblaut.

Er zuckte die Achseln. »Ist mir ziemlich egal.«

Aus den Augenwinkeln sah ich, dass Lilo die Stirn runzelte. Die Skitourengeher setzten sich ans untere Ende des Tisches. Der Blonde stellte seinen Singsang ein und fing an zu essen. Isolde brachte Schüsseln mit Eintopf, dazu frisches Brot, dessen Kruste göttlich knusprig war.

»Komm, Anita, probiere doch mal was mit richtigem Käse.«

Ich erkannte den Mann, der Franka und mich vorhin so locker überholt hatte.

»Vergiss es, Tonio.« Anita küsste ihn auf die Wange.

Aha, dachte ich. Ein Pärchen. Und die anderen beiden, Saskia und Dennis, der Sänger, scheinbar auch.

»Wo steckt eigentlich Günther?« Anita sah sich um. In ihrem Blick lag etwas Offensives. Sie starrte mir ein paar Sekunden in die Augen. Ich starrte zurück, bis sie wegsah.

Genau in diesem Moment ging die Tür auf und ein weiterer Mann erschien. Ein Zwei-Meter-Typ, dessen langes braunes Haar von einem Stirnband gebändigt wurde. Sofort knisterte die Atmosphäre.

»Günther! Wo warst du die ganze Zeit?« Anita stand auf und zog ihn neben sich. Ihr Freund Tonio schien davon nicht begeistert. »Komm, setz dich zu uns. Vegan? Isolde hat daran gedacht. Mittlerweile ist es eine Selbstverständlichkeit, oder? Dass man auf den Hütten nicht nur tote Tiere auf den Teller bekommt.«

»Möchtest du lieber ein lebendiges Tier auf deinem Teller haben?«, fragte ich laut.

Die Geräuschkulisse wurde schwächer. Alle Blicke ruhten auf mir. Einige grinsten, eher peinlich berührt als komplizenhaft.

»Oh, eine Ewiggestrige.« Anita strich sich über die Stirn. »Es ist sowohl medizinisch als auch ökologisch sinnvoll, keine Tiere zu essen. Das wurde mittlerweile wissenschaftlich nachgewiesen. Und Wissenschaft hat recht.«

»Was du nicht sagst.«

Björn neben mir murmelte: »Die Wissenschaft hat weder recht noch unrecht. Sie stellt Thesen auf und verifiziert oder falsifiziert. Ob darin Recht oder Unrecht zum Vorschein kommen, ist eine gesellschaftliche Diskussion.«

»Na ja, manche kapieren es nie«, entgegnete Anita leichthin, die Björn entweder nicht gehört oder nicht verstanden hatte, was er sagen wollte. Sie beugte sich weit über Günther, um sich ein Stück von den veganen Pasteten zu nehmen, wobei ihre Brüste Günthers Schulter berührten. Unschwer zu erkennen, dass Tonio diese Nähe nicht passte.

Bastian torkelte herein. »He, habt ihr schon angefangen?«, lallte er, bevor er auf einen Stuhl fiel und nach einem Teller griff. Dabei fegte er sein Besteck zu Boden. »Was ist das denn? Pizza?«

»Sternhagelvoll«, murmelte Björn. »Nicht zu glauben.«

Ich guckte auf meinen Teller. Das Essen und die Wärme im Zimmer machten mich schläfrig. Ich goss mir vom Apfelsaft nach.

Isolde servierte Teller mit Kuchenstücken. »Falls jemand noch was Süßes mag.«

»Ich mag Süßes«, verkündete Bastian. »Vor allem süße Mädels.« Mit glasigen Augen blickte er sich um. »Du da, du, die Blonde. Wie wäre es mit uns zwei?«

Tonio legte einen Arm um Anitas Schultern. Einen Moment lang kam es mir so vor, als würde Günther dasselbe tun wollen, nur von der anderen Seite.

»Also, wenn einer nichts verträgt, sollte er nichts trinken«, sagte Anita kühl. »Wer von euch ist der Gruppenguide?«

Ernst richtete sich auf. »Bastian, entschuldige dich bei Anita und benimm dich. Oder du fliegst hier raus.«

»Soll ich am Katzentisch essen?« Bastian lachte, wobei seine Augen immer noch auf Anitas knappem Shirt ruhten. »Oder im Schnee? Das wäre dann ja wohl Körperverletzung. Hört mal, ich genieße nur einen netten Anblick. Davon hatte ich heute noch nicht viele. Genau genommen keinen einzigen.«

Lilo wurde rot. »Ich bringe Franka was zu essen«, murmelte sie, stand auf, griff nach einem Teller, legte ein paar Pasteten und ein Stück Brot darauf und ging hinaus.

Anita verschränkte die Arme. »Hast du das gehört, Saskia? Das ist echt eine Ansage! Pass auf, du Schlaumeier: Stell dich morgen auf ein Paar Ski und fahre mit uns ins Tal runter, da kannst du knackige Hintern bewundern, Sportskamerad.«

Ernst sah unglücklich drein. »Könnten wir bitte respektvoll miteinander umgehen?«

»Das sag deinem Gruppenmitglied«, erwiderte Günther. »Noch eine Anmache, und der Typ fliegt raus.«

»Respekt gilt hier oben für alle.« Isolde baute sich neben dem Tisch auf. Ihr Blick ruhte auf Anita. »Seid's mir ned bös', ich finde, es sollten sich alle ein wenig beruhigen.«

Anita schmollte. Sie schüttelte Tonios Arm ab. »Günther, gibst du mir bitte den Saft?«

Günther und Tonio griffen beide gleichzeitig nach der Flasche. Ich verkniff mir ein Lachen.

Der blonde Dennis intonierte die ersten Takte von ›Skifoan‹.

»Hör auf«, zischte Saskia ihn an. »Ich kann das echt nicht mehr hören.«

»Allmählich vergeht mir der Appetit«, sagte ich halblaut zu Björn.

»Du siehst aber nicht so aus, als ob dir jemals der Appetit vergeht!« Anitas grelle Stimme schnitt durch die warme Luft im Zimmer. Die Essensdüfte wichen zurück.

»Und du siehst mir nicht so aus, als ob dein Gewese um Wurst und Käse viel Raum für anderes lässt«, erwiderte ich so lässig, wie es mir gerade noch möglich war. Innerlich war ich angespannt wie ein Gummi kurz vorm Reißen.

10.

ISOLDE, 41, Hüttenwirtin

Man sagt, in den Bergen wohnt die Freiheit. Woher dieser Spruch kommt, ist mir ein Rätsel. Weißt du das vielleicht? Ist ja auch gleichgültig. Ich habe oft darüber nachgedacht. Wenn ich von meinem Job erzähle, spüre ich, wie Neid aufkommt.

Wirklich, es stimmt, ich fühle mich hier oben frei. Viele tun das. Sie klettern auf Berge, schleppen sich mit ihren Tourenski hier herauf, nehmen zur Not eine Gondelbahn, um den Blick zu wechseln. Was man sieht, verändert einen. Und aus der Vogelperspektive zumal. Du fühlst dich nicht eingesperrt zwischen Häusern, Straßenzügen, den andere Menschen in der S-Bahn. Du kannst atmen, spürst den Freiraum.

Und doch ist da noch etwas anderes. Du erkennst deine Grenzen. Ganz klar. Du bist eben kein Adler, der mal eben so durch die Lüfte schwebt. Du musst kämpfen. Gegen die Steigung, gegen das Wetter, gegen den Frust, gegen deine Launen. Du denkst, diese und jene Tour, die hast du immer geschafft, und plötzlich, an einem bestimmten Tag, da geht es nicht. Du keuchst und kämpfst und kommst mit letzter Kraft am Ziel an. Verstehst es nicht, wo es sonst immer so locker lief. Aber heute nicht. Denn jeder Tag ist anders. Unser Vorrat an Energie und Stärke ist nicht immer gleich. Vor allem nicht der an seelischer Stärke.

Damit stoßen wir wieder an den Freiheitsbegriff. Weil du hier oben nicht frei bist. Nicht freier als unten. Es fühlt sich nur so an. Besonders, wenn du nur selten in die Berge reisen kannst. Wenn dein Leben eigentlich woanders stattfindet. In dem Fall genießt du jede Minute hier oben. Die Luft, die Aussicht. Im Sommer den Duft der Wälder. Wie es nach Erde riecht, wenn es regnet. Im Winter lernst du den Respekt vor der Kälte. Du läufst durch den Schnee, es knackt und knarzt unter den Stiefeln. Du musst in Bewegung bleiben, um es draußen auszuhalten. Wieder nichts mit der Freiheit, was?

Soll ich dir sagen, was ich gelernt habe, seit ich einen Teil des Jahres hier oben lebe? Frei bist du nur, wenn du deine eigenen Erwartungen ablegst. Wenn du wie ein weißes Blatt bist, einfach leer. Keine Erwartungen. Nicht an dich selbst, nicht an die anderen, am allerwenigsten an die Natur. Die macht ihr Ding, da kannst du sowieso nicht dran drehen. Die Natur richtet sich kein bisschen nach deinem Willen oder dem, was du für richtig und falsch hältst. Was gerade der Trend ist oder so. Schnee, Regen, Eis, Sonne, Gewitter – alles geschieht einfach, und du passt dich an, weil es nämlich sonst ganz schnell vorbei ist mit der Freiheit.

So einfach ist das.

11.

Ich lag wach. Im Bett unter mir hörte ich Franka husten. Längst hatten sich auch Anita und Saskia hereinbemüht. Lilo schnarchte leise.

Ich konnte nicht schlafen. War zu aufgewühlt. Durch die Konflikte, die sich bei Tisch entladen hatten. Durch Ernsts Unkenrufe wegen des Wetters. Und durch meine eigene Reaktion. Ich hatte mich hinreißen lassen, den anderen meinen Frust und mein Unwohlsein entgegenzuschleudern. Vor allem Anita hatte mich auf eine Art provoziert, die meinen Zorn selbst nach Stunden immer wieder anfachte. Ich wollte ihr nicht einräumen, so wichtig zu sein. Doch wenn ich an unseren Schlagabtausch auch nur dachte, beschleunigte sich mein Herzschlag. Irgendwas hatte mich tief getroffen. Und sicher nicht nur die Bemerkung über meine mangelnde Fitness.

Schließlich stand ich auf, setzte die Stirnlampe auf und tappte nach unten. In der Schuhkammer schlüpfte ich in Anorak und Stiefel. Die Eingangstür war nicht verschlossen. Ich trat hinaus in die kalte Luft. Am Terrassengeländer lehnte jemand. Ein roter Punkt glühte auf.

»Isolde?«

Sie drehte sich um. Ganz entspannt, als wäre es normal, dass sich mitten in der Nacht jemand zu ihr gesellte.

»Servus, Kea.«

Ich stellte mich neben sie. Rundum war es dunkel wie in einem Tintenfass. Ich suchte den Himmel nach Sternen ab. Vergeblich. Nur auf den Bergen gegenüber konnte ich den einen oder anderen Lichtpunkt erkennen.

»Deine erste Bergtour?« Isolde blies genüsslich den Rauch aus.

»Merkt man das?«

Sie zuckte die Achseln. »Zigarette?«

»Gern.«

Sie reichte mir eine Kippe. Ließ das Feuerzeug aufflammen. »Du bist eine taffe Frau.«

»Was bringt dich auf diese Idee?«

»Gruppen sind nicht deins. Trotzdem wanderst du mit einer hier herauf. Du bist nicht besonders sportlich, nimmst die Herausforderung aber an. Und Tussis wie Anita hast du auf dem Zettel. Fand ich witzig, wie du sie in die Schranken gewiesen hast.«

»Wenn jemand respektlos war, dann sie.« Ich inhalierte tief den Rauch.

»Und Bastian.«

»Der hat den ganzen Tag gesoffen. Ich bin gespannt, wie der morgen wieder auf die Füße kommen will, wenn wir weiterwandern.«

»Falls ihr weiterwandert.«

Ein kalter Schauer rieselte mir den Rücken hinunter. »Was meinst du damit?«

»Schnupper mal. Riechst du das?«

»Spinnst du, ich rauche gerade.«

Sie lachte. »Es ist wärmer geworden. 0 Grad. Es wird schneien. Und zwar ziemlich heftig. Ich habe einen Anruf aus dem Tal bekommen. Kann sein, dass es unangenehm wird.«

»Erklär mir das.«

Isolde warf ihren Zopf über die Schulter. »Heute früh haben die Wetterapps noch ruhiges Winterwetter für die nächsten Tage gemeldet. Vielleicht mal ein Wolkenfeld, das durchzieht. Aber keinen Niederschlag. Die

Vorhersage hat sich binnen zwölf Stunden ins Gegenteil verkehrt.«

»Wie kann das sein?«

»Ich bin kein Wetterfrosch. In den Bergen kommen halt viele Dinge zusammen, die das Wetter beeinflussen. Die Verhältnisse verändern sich viel schneller als im Tal. Die Luft ist verdammt feucht geworden. Und der Himmel hat sich zugezogen. Es sind keine Sterne zu sehen. Vorhin, als ihr angekommen seid, war noch alles klar.«

»Fuck.« Ich dachte an die dicke, aufgeblähte Wolke, die mir beim Aufstieg so eigenartig vorgekommen war. »Sag's mir lieber gleich: Wir hängen fest.«

»Im Sommer kommst du mit Allradantrieb hier hoch. Im Winter bringen wir die Sachen, die wir brauchen, mit der Seilbahn, von dort mit dem Schneemobil hierher.«

»Ernst meinte, die Seilbahn ist gerade eine Stunde von hier weg. Zu Fuß. Dann fahren wir schätzungsweise einfach ins Tal runter.«

Isolde ging ein paar Schritte und kam mit einem Aschenbecher in der Hand zu mir rüber. »Kann sein, dass die Seilbahn morgen früh gar nicht startet. Denn es soll auch Wind kommen. Ein richtiger Schneesturm.«

»Fuck«, wiederholte ich.

»Wenn du jemanden benachrichtigen willst, mach's lieber gleich, ehe das Internet auch weg ist. War beim letzten Sturm im November nämlich so. Da war ich allerdings allein hier oben. Habe Wände neu angestrichen und intensiv sauber gemacht. Waren einsame drei Tage.«

»Drei Tage?«

»Heiligabend wirst du wieder unten sein, komm schon, mach dir keinen Kopf.« Isolde stippte eine neue Zigarette aus der Packung. »Was treibt dich eigentlich an?«

»Was meinst du?«

»Warum bist du hier?«

»Um meine Psyche an Typen wie Anita und Bastian zu trainieren.«

Isolde lachte schallend. »Du bist echt ein Unikum. Wirklich cool. Ich sag dir was: Solche benebelten, arroganten Vögel findest du hier oben gar nicht so selten. Sport macht was mit dem Ego. Anita sieht klasse aus und ist auch noch extrem gut im Skifahren. Im Sommer läuft sie die härtesten Ultratrails. Sie bildet sich ordentlich was ein. Von wegen, wie toll sie ist. Aber die meisten Gäste sind wirklich großartig. Richtig nette Menschen. Man knüpft spannende Kontakte auf so einer Hütte. Schnepfen und Schnösel bilden die Ausnahme.«

Ich zog die Jacke enger um mich.

»Im Ernst, Anita ist eine echte Nummer in ihrem Job. Die posiert für die großen Marken. Hat einen Skisponsor. Ausrüstung und Klamotten sind das Feinste vom Feinen. Die ganz teuren Skihosen, Merinopullis und Lawinenrucksäcke mit Airbag und allem Pipapo. Zur Verfügung gestellt von den Firmen, die man in der Sportbranche so kennt. Auf Instagram postet sie alles über Touren, Wettkämpfe, Erfolge.« Isolde sog genussvoll den Rauch ein. »Aber tröste dich. Wie lang kann sie das machen? Keine zehn Jahre mehr, wahrscheinlich nicht mal mehr fünf. Da hilft ihr die ganze vegane Ernährung nichts.«

»Magst du auch keine toten Tiere auf deinem Teller?«

Isolde prustete los. »Lieber tot als lebendig. Was meinst du?«

Unterhalb der Terrasse hörte ich ein Geräusch. Ich hielt den Atem an.

»Hörst du das?«

Ich richtete den Strahl meiner Lampe ins Dunkel. Ein Paar Augen glühte auf.

»Nur ein Fuchs.« Isolde zuckte die Schultern. »Im Winter kommen die Tiere manchmal nah ans Haus.«

»Günther und Ernst haben über das Wetter geredet. Ernst hat mich gebeten, den anderen nichts zu sagen.«

»Klar, die beiden machen sich Sorgen.«

»Du kennst sie gut?«

»Wie man's nimmt.«

»Sie kommen doch regelmäßig mit Gruppen her.«

»Das stimmt.«

»Also kennst du sie.«

»Gerade diese beiden eigentlich nicht so gut. Also, ich meine, mit denen rede ich nicht über Persönliches. Es gibt andere Bergführer, übrigens auch Bergführerinnen, mit denen ich gut befreundet bin.« Sie drückte ihre Zigarette aus. »Ich gehe rein. Mein Tag fängt früh an, und im Moment habe ich nur Unterstützung von einer Mitarbeiterin. Laura und ich stemmen alles zu zweit. Da muss man seine Kräfte gut einteilen. Gute Nacht! Genieße die Zeit hier oben.«

Ich sah ihr nach, wie sie ins Haus ging. Das Nikotin rauschte durch meinen Kopf. Die Aussicht auf einen ungeplanten Aufenthalt über ein, zwei Tage auf einer

Berghütte behagte mir nicht. Ich griff nach meinem Handy. Das WLAN-Signal vom Haus reichte, um Nero eine Nachricht zu schicken.

Bin auf der Ahornsteighütte angekommen. War anstrengend. Schlechtes Wetter erwartet. Kann sein, dass wir hier festhängen.

Ich tippte noch auf ein paar Emojis, die signalisieren sollten, dass ich guter Dinge war, und schickte die Nachricht ab.

Über der Terrasse im ersten Stock flammte Licht auf. Wenige Minuten später erlosch es. Ich ging hinein. Zog die Tür ins Schloss und stellte meine Stiefel in die Schuhkammer. Mir zitterten die Knie, als ich die Treppe hinaufstieg. Ich brauchte dringend ein paar Stunden Schlaf.

21.12.2024, SAMSTAG

12.

Ich erwachte, weil irgendwer im Zimmer kurz auflachte. Grell, fast ein Kreischen, das sofort erstarb. Müde blinzelnd orientierte ich mich. Ich lag im Etagenbett in meinem Schlafsack. Unter mir hörte ich Franka schnarchen. Und gegenüber auf dem unteren Bett hockten Anita und Saskia, die Gesichter vom bläulichen Licht eines Handydisplays beschienen. Beide unterdrückten offenbar eine enorme Freude über das, was sie da sahen. Behutsam tastete ich nach meinem Handy und checkte die Uhrzeit. Kurz nach sechs. Ich unterdrückte ein Seufzen. Anita flüsterte etwas, was Saskias Heiterkeit verstärkte. Sie tuschelten und mussten sich offenbar furchtbar anstrengen, nicht laut loszulachen. Schlagartig fühlte ich mich zurückversetzt in meine Schulzeit. Landschulheim. Schlafsaal. Muffige Socken. Genervt schloss ich die Augen.

Ich versuchte mich zu erinnern, für wann Ernst Frühstück angesetzt hatte. Halb sieben? Er hatte angedeutet, wir sollten bei Tageslicht loswandern. Wann wurde es hier oben hell?

Saskia stand auf und begann, im Schein ihrer Stirnlampe ihren Rucksack zu packen. Mit geübten Handgriffen verstaute sie ihre Sachen. Auch Anita wurde aktiv. Die beiden hatten Erfahrung. Im Nu warfen sie ihre Rucksäcke über die Schultern und gingen zur Tür. Sie bewegten sich leise, doch nicht unbedingt bemüht, uns andere nicht aufzuwecken. Ich schloss einfach die Augen.

Lauschte auf das Klicken der Tür, als sie ins Schloss gezogen wurde. Schließlich richtete ich mich auf. Meine Beine schienen sich nach der Tortur gestern gut erholt zu haben, doch in meinem Genick hatte sich ein gehässiger Schmerz eingenistet. Diese verdammten Trekkingstöcke. Der schwere Rucksack. Ich spürte, wie sich das Selbstmitleid zu mir gesellte. Auf meinem Handy fand ich eine Nachricht von Nero.

Danke für den Zwischenbericht und hab weiter viel Spaß beim Wandern!

Es folgte ein Herz in Blau.

Von Spaß war im Moment überhaupt nicht die Rede. Ich rutschte vom Bett und landete neben Franka, die sofort zu husten begann.

»Kea?«, flüsterte sie.

»Ja?«

»Könntest du Isolde fragen, ob ich einen Tee bekommen kann?«

»Sicher. Ich ziehe mich nur schnell an.«

Ich tastete nach meinen Klamotten. Das verschwitzte Multifunktionszeug war zwar getrocknet, roch jedoch unangenehm nach Nagetier. Sollten wir tatsächlich gezwungen sein, länger hier oben zu bleiben, würde ich alles durchwaschen müssen, damit mir von meinem eigenen Gestank nicht schlecht wurde.

Ich schlich aus dem Zimmer. Unten im Speiseraum saßen bereits die Skitourengeher, dampfende Tassen vor sich, fachsimpelnd. Ich warf einen Blick aus dem Fenster. Nichts als Schwärze. In den dunklen Scheiben spiegelten sich die Sternenlichterketten.

Isolde brachte aufgebackene Brötchen. Der Duft kurbelte meine Lebensgeister an.

»Isolde? Hast du einen Moment?«

»Logisch.«

»Franka geht es nicht gut. Sie hat eine üble Erkältung und lässt fragen, ob sie einen Tee aufs Zimmer haben kann.«

»Wenn's weiter nichts ist. Roomservice wird bei mir großgeschrieben. Sonst alles in Ordnung?«

»Was macht das Wetter?«

»Geh mal vor die Tür.«

Der Schock hätte nicht größer sein können. Im Schein der Außenbeleuchtung sah ich nichts als eine weiße Masse, die auf Hütte und Terrasse herabgesunken war. Schnee fiel. Dicke, schwere Flocken. Und zugleich wirkte alles merkwürdig verschwommen. Das Geländer konnte ich im Dunst schon nicht mehr erkennen. Ich schätzte den Neuschnee auf einen halben Meter.

»Morgen, Kea. Mach die Tür zu, es wird kalt.« Ernst war hinter mir aufgetaucht.

Ich rammte die Tür ins Schloss. »Können wir da raus? Ja oder nein?«

»Sieht mir eher nicht so aus.«

Er ging zur Schuhkammer. Ich folgte ihm.

»Ich gehe gleich eine kurze Runde, schaue mich um. Der Schnee allein ist nicht das Problem. Eher die schlechte Sicht.«

»Was ist mit dem Weg zu der Seilbahn, die uns nach unten bringen könnte?«

»Das wäre eine Option. Ansonsten warten wir ab.« Er stieg in seine Stiefel, stapfte zur Tür. Stülpte eine Stirnlampe über seine Mütze. Als er die Tür öffnete, stob Schnee herein.

Ich rieb mein Gesicht. Vom Speiseraum wehte der Geruch nach frisch gebrühtem Kaffee herüber. Womöglich sollte ich erst einmal ein paar Tassen trinken.

»Was macht die andere Gruppe? Bleiben die? Oder …«

Ein Blitz zuckte durch die Dunkelheit, gefolgt von heftigem Donner.

Das leise Murmeln aus dem Speiseraum erstarb. Dann kreischte jemand. Ich hörte Isoldes rauchige Stimme: »Wintergewitter ist nicht so selten, also keine Panik.«

Ich hasste es, wenn jemand »keine Panik« sagte. In dem Fall bestand meistens Grund, sich zu fürchten.

Ernst blickte in die Nacht hinaus. Ich sah auf die Uhr. Es war fast sieben. Wieder zerschnitt ein Blitz die Dunkelheit. Ich hielt den Atem an. Erst, als der Donner über den Bergrücken rollte, schnappte ich nach Luft. »Das ist zu gefährlich. Du kannst bei Gewitter nicht draußen rumlaufen.«

»Habe ich nicht vor. Planänderung.« Er schloss die Tür wieder.

Lilo kam die Treppe hinunter. »Morgen, allerseits. Gut geschlafen?«

Sie schien diesen Ausflug immer noch für einen Urlaub zu halten. Für mich nahm er die Gestalt eines Höllentrips an. Ich wollte hier weg. Runter von diesem Berg. So schnell wie möglich. In eine Welt, die ich kannte. Wo ich mich zu bewegen wusste. Wo ich allein sein und Entscheidungen nach meinem Gusto treffen konnte.

Mit knurrendem Magen folgte ich Lilo zum Tisch. Die Skitourengruppe schien wie erstarrt dazusitzen. Dennis, der heitere Sänger von gestern, hockte schweigend da. Saskia und Anita unterhielten sich flüsternd. Als sie Lilo und mich sahen, stoppte ihre Konversation.

»Guten Morgen«, flötete Lilo. »Wunderbar, warme Brötchen. Und Kaffee. Herrlich.«

Anita verdrehte die Augen. Tonio kam herein, grußlos, setzte sich neben Anita. Günther folgte, rot im Gesicht.

»Also, Günther, wann geht's los?«, fragte Anita.

»Wir warten das Gewitter ab. Wenn es hell wird, schauen wir, ob wir runterkommen.«

»Natürlich kommen wir runter!« Anita tippte sich an die Stirn. »Runter kommt man immer.«

»Sicherheit geht vor.«

Tonio fühlte sich bemüßigt, Anitas Partei zu ergreifen. »Sobald es Tag ist, können wir uns orientieren. Schnee oder nicht. Andernfalls wandern wir zur Piste und fahren dort ab. Auf Skiern ist man ja schnell.« Er warf einen süffisanten Blick auf Lilo und mich.

»Wo sind Björn und Bastian?«, raunte ich Lilo zu.

»Bastian habe ich ins Bad gehen sehen. Dusche, ein Euro pro zwei Minuten. Viel Spaß.« Sie blinzelte fröhlich.

Ich hatte das Gewitter beinahe verdrängt. Der folgende Donnerschlag röhrte so gewaltig, dass ich den

Eindruck hatte, ein Felsbrocken rollte über die Hütte hinweg. Kurz flackerte das Licht. Ich hörte Saskia kreischen. Dann wurde alles dunkel.

13.

ANITA, 24, Sportmodel

Ist schon witzig. Tatsächlich interessieren sich viele Menschen dafür, warum ich diesen Job mache. Zuerst tun die meisten so, als wären sie gar nicht beeindruckt. Andere geben zu, dass sie mich schon in Magazinen oder auf Onlineportalen gesehen haben.

Natürlich: Ich habe Glück gehabt. Die Natur hat mir alles mitgegeben, was ich brauche, um erfolgreich zu sein. Ich habe die Normfigur, ich habe Kraft und ich liebe Bewegung. Vor allem schnelle Bewegung. Als Kind konnte ich nicht still sitzen. Wenn wir zu Hause ferngesehen haben, war ich diejenige, die auf dem Sessel herumsprang oder Handstand machte. Meine Eltern sind manchmal fast wahnsinnig geworden, weil ich einfach keine Ruhe geben konnte.

Die Schule war die Hölle für mich. Ich lernte eifrig, stuckte Vokabeln auf dem Nachhauseweg, nur damit ich am Ende nicht so lange an den Hausaufgaben sitzen musste. Immer drängte es mich raus, bei jedem Wetter. Ich war knapp sieben, als ich vom Skateboard die Räder abmontierte und damit den Schlittenhang runterraste. Mein Vater meldete mich daraufhin zu einem Snowboardkurs an (lacht). Eigentlich machte ich bei jedem Sport mit: Mit meinem älteren Bruder ging ich in die Kletterhalle. Im Winter waren es das Snowboarden und Skilaufen. Und weil mir im Sommer manchmal langweilig war, wenn wir mit der Familie wandern gingen, verlegte ich mich irgendwann auf Bergläufe. Ich joggte den Berg rauf und wieder runter. Kam mir halt einfach entgegen. Ich brauchte die Bewegung.

Versteh mich nicht falsch: Wenn jemand das nicht will, braucht er es nicht zu machen.

Mit 16 hatte ich den ersten Skisponsor. Ich bekam die neuesten Tourenski zugeschickt, meistens schon im August, konnte es kaum erwarten, bis der erste Schnee fiel. Ständig bereitete ich mich auf einen Wettkampf vor: Ultratrails im Bayerischen Wald, Snowboarden am Spitzingsee, mit Freunden machten wir lange Skitouren. Und dann musste ich ja noch Abitur machen. Die Schule war weiterhin der Fixpunkt: Mir war klar, dass ich einen anerkannten Abschluss schaffen wollte. Nur, damit mir nichts entging. Das war mein Hauptgedanke.

Um alles unter einen Hut zu bekommen, lernte ich, mir Ziele zu setzen und strukturiert darauf zu trainieren. Das bedeutete auch: Ich brauchte messbare Trainingserfolge. Und sie mussten realistisch sein. Ich fand einen Coach, der mir beibrachte, wie man möglichst spezifisch an sich arbeitet: Ich brauche bessere Beinarbeit fürs Snowboarden. Dann trainiere ich das. Verliere dabei natürlich nie die Kondition aus den Augen. Also ist tägliches Joggen wichtig. Er brachte mir bei, für mich selbst stets ein Fazit nach jeder Trainingseinheit zu ziehen: Was habe ich erreicht? Warum mache ich das? Warum will ich mich genau auf diese Leistung vorbereiten?

Manche sagen, man soll seine Leistung an die Situation anpassen. Ich denke: Ich trainiere so hart, dass ich jede Situation meistern kann. Ein Ultratrail bei Regen und Matsch? Es kommt mir gar nicht in den Sinn, abzubrechen. Lawinenwarnung? Ich kalkuliere das Risiko ein. Kälteeinbruch bei einem Berglauf im Sommer? Zähne zusammenbeißen!

Es ist bis heute so: Ich liebe es, in Action zu sein. Das macht mir Freude. Ich empfinde meine Sportarten gar nicht so sehr als Leistung. Sondern als etwas, was mich am Leben erhält. Und die Vorstellung, ich könnte das alles eines Tages nicht mehr machen, weil ich krank oder alt werde, macht mir wirklich Angst.

14.

Gegen neun drang eine diffuse Helligkeit durch die Fenster der Ahornsteighütte. Das Gewitter war abgeklungen, nicht jedoch der Schneefall. Weiterhin schwebten dicke Flocken aus undurchdringlichen Wolken.

Der Strom in der Hütte lief wieder. Ich hockte neben Lilo im Speiseraum und trank meine dritte Tasse Kaffee. Mindestens. Saskia hatte sämtliche Steckdosen mit ihren Kameras blockiert. Ein Kabel führte direkt in eine gepolsterte Tasche. Ich beschloss, mein Handy vorsichtshalber ebenfalls zu laden. Zog das Kabel raus und koppelte mein Smartphone an.

»He!«, beschwerte sich Saskia.

»Ich glaube nicht, dass du alle Stromanschlüsse hier gepachtet hast.«

»Ich mache das beruflich.« Sie schmollte empört.

»Fotografin?«

Anita, die am Tisch saß und auf ihrem Handy herumspielte, lachte auf. »Du hast echt von nichts eine Ahnung. Saskia ist Content Creatorin. Falls du weißt, was das ist.«

Wahrscheinlich gehörte ich einer altmodischen Spezies von Menschen an, die Texte, Kompositionen und Bilder als etwas betrachtete, was die Lektüre, das Zuhören und Anschauen wert war. Dieses konnte gern auch etwas länger dauern. Es musste nicht auf einen Blick ein Ah! oder ein Oh! und hunderte, ach was, tausende

Klicks hervorrufen. Und es war vor allem nicht dafür da, Werbung und Marketing den Vortritt zu lassen.

»Für wen arbeitest du?«, fragte ich Saskia kühl.

»Unterschiedlich. Tourismusregionen. Sportlabels.«

»Für mich.« Anita legte ihr Handy weg. »Meistens jedenfalls. Habt ihr auch keinen Empfang?«

Ich checkte mein Telefon. Das WLAN schien ausgestiegen zu sein. Von Mobildaten keine Spur. Auch kein Telefonempfang.

»Sieht so aus«, verkündete Dennis. »Damit muss man immer rechnen. Irgendwann läuft es wieder. Wo ist eigentlich Günther?«

Wie auf Kommando trat Günther in den Speiseraum, gefolgt von Ernst, und hinter ihm Björn mit seinem Handy im Anschlag. Mit besorgtem Stirnrunzeln starrte er auf das Display.

»Sind die Gruppen vollzählig?« Günther sah sich um.

»Tonio fehlt.« Anita lächelte. »Aber das macht nichts.«

»Bastian ist auch nicht hier.« Ernst zuckte die Achseln. »Na gut. Günther und ich haben gerade besprochen, wie wir weitermachen. Wir halten es für zu riskant, bei diesem Wetter abzusteigen oder abzufahren. Unser Vorschlag: Wir verbringen den Tag hier, sehen, wann sich das Wetter bessert. Spätestens morgen sollte das ja der Fall sein.«

Saskia, die mit einigem Getue eine Powerbank auf den Tisch gelegt hatte, schloss ein weiteres Gerät an. Ich starrte hin. Sie erwiderte meinen Blick kurz. Sah weg. Rote Flecken breiteten sich rasant vom Hals über ihr Gesicht aus.

»Morgen?« Björns Stimme überschlug sich fast. »Das bringt unseren Plan durcheinander. Wir wollten …«

»Kein Plan überlebt die erste Feindberührung. Schon mal gehört?« Günther grinste. »So ist das eben im Gebirge. Ich schätze ohnehin, dass wir Skiläufer heute Nachmittag noch abfahren können. Wir sind ja schnell unten. Beim Wandern muss man vorsichtiger sein. Ernst ist ein verantwortungsvoller Bergführer, der wird euch nicht in die Bredouille bringen.«

Ich sah, wie Ernst mit den Kiefern mahlte. »Die Sicht ist gleich null. Selbst wenn wir den Weg absteigen, den wir gestern heraufgekommen sind, brauchen wir wegen des Wetters länger. Das Risiko ist in der Gruppe einfach zu groß.«

»Also, irgendwelche Meinungen?« Günther sah in die Runde.

»Heute im Lauf des Tages abfahren, egal, was für Wetter ist«, sagte Anita. Sie stand auf und stellte sich neben Günther. »Ich mag jede Art von Wetter und freu mich drauf.«

»Und was ist mit der Seilbahn, die wir angeblich in einer Stunde erreichen könnten?«, fragte ich. »Kommen wir mit der ins Tal?«

»Ich habe vor, gleich loszugehen, um nachzusehen, ob sie läuft«, antwortete Ernst. »Du kannst gern mitkommen, Kea.«

In meinem Kopf braute sich etwas Zerstörerisches, Dunkles zusammen. Also lag es durchaus im Bereich des Möglichen, dass die Seilbahn nicht lief. Ich schloss kurz die Augen. Nur keinen Flashback jetzt. Nur nicht wieder die Gefühle von Ohnmacht durchleben. Mit aller Kraft kontrollierte ich meinen Atem. Einatmen, warten, ausatmen. Und wieder von vorn.

»Leute, Franka geht es beschissen.« Isolde war hereingekommen. »Sie hat hohes Fieber. Die Wunde an ihrer Schläfe sieht entzündet aus. Hat jemand von euch medizinische Kenntnisse?«

Alle zuckten die Achseln.

»Dann greife ich auf meinen Vorrat zurück. Ich habe Antibiotika hier. Was meint ihr?«

»Kannst du nicht einen Arzt anrufen?«, fragte Lilo. In ihrem Gesicht stand blanker Schrecken. Zuvor schien sie sich wegen der Situation keine großen Sorgen gemacht zu haben.

»Das Telefon geht leider nicht. Das Handy ebenso wenig. Und das Internet ist tot.«

»Was ist mit Funk?«, bohrte Anita nach.

»Früher waren die Hütten untereinander mit Funk verbunden. Leider verlässt man sich heute zu sehr aufs Digitale. Sorry.« Isolde hob die Schultern. »Aber das Problem wird bald behoben sein, keine Sorge. Also, ich bringe Franka das Medikament.«

Sie verließ den Speiseraum. Eine unentschlossene Stille machte sich breit.

Ich tippte eine Nachricht an Nero.

Wie es aussieht, hängen wir auf der Ahornsteighütte fest. Starker Schneefall, keine Sicht.

Sobald das Internet wieder loslegte, würde sie abgesendet werden.

Während ich mein Smartphone wieder an die Steckdose anschloss, fiel mein Blick auf Saskias Ausrüstung. Das schwarze Teil, das in der gepolsterten Tasche steckte, war ein Stück herausgerutscht. Langsam ging ich darauf zu. Wie von selbst zeigte mein Finger darauf.

»Sag mal, Saskia«, sagte ich laut. Meine Worte hallten in meinen Ohren. »Ist das eine Drohne?«

15.

SASKIA, 22, Content Creatorin

Du kannst mich natürlich verurteilen. Das steht dir frei. Typen wie ich werden schnell bewertet. Man betrachtet uns als Deppen, die mit einer Kamera herumblödeln. Content Creator zu sein, gilt nicht als Arbeit. Die meisten denken, das ist ein Hobby. Dass ich manchmal tagelang am Schreibtisch sitze, um mein Bildmaterial so hinzubekommen, wie ich es will, Audio drunterlege, Material sichte, auswähle, bearbeite, Freigaben einhole, dazu noch den üblichen Bürokram erledige wie Mails beantworten oder Rechnungen schreiben, das will niemand sehen. Als Einzelkämpferin brauchst du ein klares Zeitmanagement. Am Anfang habe ich mich verzettelt. Mehr Aufträge angenommen, als ich schaffen konnte.

Im Lauf der Zeit habe ich dazugelernt und kriege es jetzt fast immer gebacken, meinen Workload auszubalancieren.

Wenn du unterwegs bist für einen neuen Clip, dauert das meistens den ganzen Tag. Im Winter sind die Tage kurz, du hast wenig Zeit. Oft steige ich schon im Dunkeln auf. Reise vorher an, um möglichst nah am Ziel zu sein. Übernachtungen kosten Geld. Deshalb schlafe ich oft im Auto ein paar Stunden. Mag sein, dass du jetzt sagst: für so ein paar Shots ein derartiger Aufwand! Ist aber so.

Im Sommer läuft es auch nicht unbedingt entspannter. Zwar sind die Tage länger. Doch Menschen – und damit auch meine Auftraggeber – lieben Sonnenauf- und -untergänge. Die sind zeitlich begrenzt. Also auch hier: Druck.

Druck ist in meinem Beruf ein permanenter Begleiter. Ich beklage mich nicht, denke nichts Falsches! Ich liebe, was ich mache. Ich lebe in den Bergen, quasi im Paradies. Wer kann denn sonst dort leben, wo andere Urlaub machen, sage ich mir. Also nehme ich den Druck in Kauf. Druck von der Community, die immer coolere Locations, immer spektakulärere Aufnahmen will. Weil die Konkurrenz ja nicht schläft. Da habe ich durchaus Sorge, dass mir die Auftraggeber zu den schickeren Creatoren abwandern. Manche Influencer können sich besseres Equipment leisten. Wenn ich eine neue Drohne kaufen will, mit der ich mehr machen kann, muss ich wirklich durchrechnen, ob ich mir so ein Gadget erlauben kann. Sobald ich durch die Social Media-Kanäle scrolle und sehe, welche Kooperationen manche Kollegen auftun, fühle ich mich klein und bedeutungslos.

Manche Menschen kritisieren, was ich mache. Sie führen ins Feld, dass die Art, wie ich die Welt zeige, künstlich ist. Dass ich Leute dazu bringe, Touren zu unternehmen, die eigentlich zu schwer für sie sind. Zwänge entstehen, weil man sich sagt: Sieh dir an, was der oder die hier zeigt, genau das und das hast du zu erleben! Jede Bergtour erscheint wie ein Riesenspaß. Mega Erlebnisse, gigantische Locations, super Freundschaften, tolle Körper, schicke Outdoorklamotten. In Wirklichkeit sehen meine Follower ja nicht, wie ich schwitze, wie mir die Füße wehtun, wie der Regen mich durchweicht oder dass ich gar nicht zu einer vernünftigen Brotzeit komme, weil die Zeit bei den Aufnahmen so knapp ist.

Letztens hatte ich eine absurde Situation in meiner Timeline. Ich bin mit einem Becher Kaffee in der Hand auf Skiern den Berg runtergebraust. Die Helmkamera hat mitgefilmt. Der halbe Kaffee ist in den Schnee geschwappt. Ich wollte eigentlich die Lebensfreude dieser Momente zeigen. Rausch der Geschwindigkeit, Spaß am Sport, Genuss. Unerwartet wurde ich dafür angefeindet, dass ich Lebensmittel verschwende. Gerade Kaffee, wo für seine Produktion so viel Wasser gebraucht wird. Man muss nachhaltig leben, wenn man in der Öffentlichkeit seine Vorlieben zeigt. Sonst geht der Schuss nach hinten los. Ich habe nie wieder so eine Aktion gefilmt.

Es gibt auch Content Creatoren, die dressieren ihre Freunde, dass die als Statisten mitmachen. Eine coole Community, die am See sitzt und Tee auf dem Gaskocher braut. Solche Freunde habe ich nicht. Zu Anfang hatte ich wirklich nur mich selbst. Innerhalb eines Jahres generierte ich 80.000 Follower. Das ist echt ein krasser Erfolg. Wahrscheinlich wäre ich sonst nicht dabeigeblieben. Meine Reichweite wächst, ich verdiene Geld mit einer Tätigkeit, die ich liebe. Zuerst hatte ich nur ein paar kleine regionale Kunden. Hier ein Hotel, da ein Heimatmuseum. Mittlerweile klappt es besser. Sobald ein, zwei richtig gute Marken dabei sind, ist es ein lukrativer Job.

Die Zwänge stören mich nicht. Ich habe mich dran gewöhnt. Wenn du eine Wanderung machst, schießt du als Privatperson nur dann ein Bild, wenn dir der Ausblick gefällt. Als persönliche Erinnerung. Bei mir ist das anders. Ich gehe immer, selbst wenn ich privat unterwegs bin, mit Kamera und Mikro los. Und jedes Mal fotografiere ich mit dem Hintergedanken, dass ich dieses Bild, diesen Clip, diesen Sound für Content brauchen könnte. Ich habe mich daran gewöhnt, wie gesagt. Man gewöhnt sich sowieso an vieles. Du sicher auch. Oder?

16.

Ich rieb mir das Genick. Saskia war mir auf meine nachdrückliche Aufforderung hin tatsächlich in die Schuhkammer gefolgt. Ich hatte nicht damit gerechnet. Doch nach kurzem Zögern war sie aufgestanden. Mein Blick hatte Anita an ihrem Stuhl festgenagelt.

»Also?« Ich verschränkte die Arme. Mein Nacken tat mir immer noch weh. Der Schmerz kroch zwischen den Schulterblättern hervor und zielte Richtung Hinterkopf.

»Ja, na und? Es war meine Drohne drüben an der Piste.« Genervt rollte Saskia mit den Augen. »Ich habe doch gesagt, ich mache das beruflich.«

»Was du beruflich machst, geht mir am Körperteil vorbei. Franka ist von einem Skiläufer umgerannt worden. Sie ist verletzt.« Ich dachte an das Blut, das aus der Wunde an der Schläfe in den Schnee gesickert war. »Deine Drohnenaufnahme könnte helfen, diesen Deppen zu finden, der sie rücksichtslos über den Haufen gefahren hat.«

Saskia wand sich. »Die Drohne ist neu. Ich wollte eigentlich nur das Treiben auf der Skipiste filmen. Das Wetter war so genial … Und ich beherrsche die Drohne noch nicht richtig. Die hat eine Menge Funktionen …«

Ich ging einen Schritt auf sie zu. Erschrocken trat sie zurück, stieß gegen ein Paar Skistiefel und geriet ins Wanken. Ich packte sie an ihrem Sweater.

»Pass mal auf. Die Dicke kann recht ungemütlich werden. Ich will diese Aufnahmen haben. Verstanden? Du suchst die jetzt raus und überspielst sie mir auf mein Handy. Keine Sorge, ich klaue dir deine Ideen nicht. Ich will nur die Szene mit Frankas Unfall.«

Saskia hatte sich wieder gefangen. »Du siehst nicht aus wie jemand, der Partei für andere ergreift.«

»Und du siehst nicht aus wie jemand, der sich gern von einer Tussi wie Anita herumkommandieren lässt.« Ich ließ Saskia los. »Glaub mir, ich werde dich anzeigen. Was dort auf der Piste passiert ist, war eine Straftat. Und jede Person, die vereitelt, dass sie aufgeklärt wird… ich muss nicht deutlicher werden, schätze ich.«

Saskia wurde blass. »Ist ja gut, ich suche dir den Clip raus.«

Ich nickte ihr zu, bevor ich die Schuhkammer verließ. Riss die Hüttentür auf und schnappte nach frischer Luft. Immer noch hing dichter Nebel über uns. Es schneite weiter. Ein Meter Neuschnee seit den frühen Morgenstunden, mindestens. Eigentlich ein Traum für Wintersportler. Ein Lottogewinn für die Skigebiete so kurz vor den Weihnachtsferien. Tief atmete ich durch. Ernst mochte recht haben: Mit unseren Schneeschuhen kämen wir bestimmt recht gut voran. Nur die schlechte Sicht konnte uns zum Verhängnis werden. Keine erfreuliche Vorstellung, irgendwo im Nebel herumzustapfen ohne einen Plan, wo wir uns befanden.

»Kea?« Isolde tauchte hinter mir auf.

Ich schloss die Tür.

»Du würdest gern abhauen, oder?«

»Nichts lieber als das.«

»Ernst will gleich los, nach der Seilbahn sehen.«

»Da gehe ich mit.«

Sie grinste. »Ja, warum nicht.«

»Wieso findest du das lustig?«

»Finde ich nicht.«

»Geht dir diese Abhängigkeit hier oben nicht auf den Wecker?«, fragte ich.

»Die Ahornsteighütte ist mein Zuhause.«

»In dieser Einsamkeit hier oben?«

»Eigentlich ist es nie einsam. Oft kann ich mich vor Gästen nicht retten. Lange Schönwetterphasen sind für mich ein Synonym für Überarbeitung.« Sie grinste. »Nach den Weihnachtsferien schließe ich. Dann geht es an die Vorbereitungen für die Sommersaison. Bis Mai muss eine Menge getan werden. Küche auf Vordermann bringen, die Elektrogeräte warten. Vorräte rauftransportieren.«

»Hört sich ganz schön hart an.« In Gedanken war ich noch bei dem Gespräch mit Saskia. Irgendetwas an ihr gefiel mir nicht. Mir war nur nicht klar, was. Vielleicht machte mich ihre Art, so locker auf der Klaviatur von Social Media zu spielen, neidisch, weil ich es einfach nicht konnte. Im Gegenteil: Facebook und der ganze Kram regten mich nur auf. Ich hatte die Konten, die ich mir irgendwann angelegt hatte, stillgelegt. Ich kam mit den Aufregern und der ganzen Wichtigtuerei einfach nicht klar.

»Manchmal ist es das auch.« Isolde hob die Achseln. »Aber letztendlich passt es für mich. Schau mal: Auf Regen folgt Sonnenschein. Alte Weisheit. Und auf Nebel folgte klare Sicht. Bis sich das Wetter bessert, ist es nur eine Frage der Zeit. Habe ich eben auch zu Björn gesagt. Der ist noch gestresster als du, weil ihr hier festsitzt.«

Ich starrte sie an. Seit gestern Abend kämpfte ich gegen

die Umstände: Ich wollte nur weg. Auf 2.000 Metern ohne Internet, dafür mit einem Haufen Profilneurotikern festzusitzen, erschien mir als Höchststrafe. Zumal es keinen genauen Zeitplan gab. Das Wetter konnte tagelang mau sein – oder sich in wenigen Stunden beruhigen. Nun erfuhr ich von Isolde, dass dieses Leben ihr Alltag war. Einer, in dem die Möglichkeit bestand, jederzeit kraft der Natur von der Außenwelt abgeschnitten zu werden. Und dass sie dies mit einem Schulterzucken hinnahm.

»Die Lebensmittel reichen noch für eine ganze Weile. Das Brennholz auch. Mach dich einfach locker und genieße, dass du mal nicht erreichbar bist. Schlaf eine Runde. Lies ein Buch. Wir haben ein kleines Bücherregal drüben in der Stube, wo man was reinstellen und auch mitnehmen kann. Ich mache dir auch gern noch einen Kaffee.«

Ich gab mir einen Ruck. »Hast du eine Wärmesalbe? Mir tut mein Genick weh.«

»Klar, kein Problem. Bring ich dir. Und sei so gut, guck dich ab und zu nach Franka um. Die ist echt groggy.«

17.

Isoldes Salbe wirkte Wunder. Mein Nacken schmerzte kaum noch, als ich mich anzog, die Schneeschuhe anlegte und die Trekkingstöcke zur Hand nahm.

»Bereit?«, fragte Ernst. Sein Blick verriet, dass er von meiner Begleitung nicht begeistert war.

Einerseits freute ich mich nicht darauf, durch die Kälte und den Sturm zu wandern, andererseits wollte ich unbedingt mit eigenen Augen sehen, ob die Seilbahn funktionierte. Irgendein dummes Gefühl – Unsicherheit, Misstrauen oder traumainduzierter Argwohn – suggerierte mir, dass Lügen in Krisen wie dieser immer eine Option waren. Woher konnte ich darauf vertrauen, dass Ernst die Wahrheit sagte, wenn er zurückkam? Egal, was die Wahrheit war?

Du spinnst, schalt ich mich, während ich in Ernsts Spuren losging. Ich spürte die Blicke der Zurückbleibenden, die aus dem Fenster des Speiseraums spähten und überprüften, ob die Dicke auch vorankam. Sollten sie.

Wir wanderten direkt am Hang entlang, immer geradeaus. Hinter mir schloss sich die Wand aus stetig fallendem Schnee und Dunst wie eine Tür ohne Wiederkehr. Mit Schrecken wurde mir klar, dass ich auf Ernst angewiesen war. Er kannte den Weg. Ich würde nicht einmal zur Ahornsteighütte zurückfinden, wenn es hart auf hart kam, da der Schnee alle Spuren rasch zudeckte.

»Eine Stunde dauert es, hast du gesagt?«

»Höchstens.« Ernst legte ein flottes Tempo vor.

Erstaunlicherweise hielt ich gut mit. Es gab keine nennenswerte Steigung, zudem hatten wir den Wind im Rücken. Nach etwa 15 Minuten kamen wir an einem Schild vorbei, das die Seilbahn auswies.

Gehzeit 45 Minuten, stand darauf. Beruhigt schwang ich meine Stöcke.

Ernst zog sein Handy aus der Tasche.

»Hast du ein Netz?«, rief ich nach vorn.

»Nein, leider nicht.«

Er zog das Tempo an. Ich beschleunigte ebenfalls.

»Saskia hat Frankas Unfall mit einer Drohne gefilmt«, platzte ich heraus.

»Ach, wirklich?«

»Sie kopiert mir die Aufnahme.«

Es schien Ernst nicht besonders zu interessieren.

»Vielleicht kann man den Unfallfahrer identifizieren«, fügte ich hinzu.

»Mach dir keine großen Hoffnungen. Bastian hatte recht: Sonnenbrille, Stirnband, Winterklamotten … da erkennst du kaum jemanden wieder.«

»Jedenfalls hatten Anita und Saskia heute Morgen viel Spaß, als sie das Video ansahen. Diese Drohne hat gestochen scharfe Bilder gemacht.« Mir wollte nicht in den Kopf, weshalb Ernst sich so wenig von dem Filmclip versprach. Immerhin hatte der Skifahrer Franka verletzt.

Doch Ernst stapfte schweigend weiter, als sei er im Reinen mit den Dingen um sich. Mir blieb nichts anderes übrig, als die Klappe zu halten und Atemluft zu sparen. Ich begann, das Laufen zu genießen. Meine Anspannung nahm ab, es fühlte sich an, als fände all die hektische, furchtsame Energie, die sich in mir aufgestaut hatte, endlich ein Ventil, um sich zu verflüchtigen.

Nach einer Weile wandte Ernst sich nach links. Der Weg wurde steiler, obwohl wir immer noch parallel zum Hang gingen. Hatte ich eben noch überlegt, ob wir nicht doch absteigen könnten, trotz des Wetters, wurde ich jetzt eines Besseren belehrt. Immer wieder rutschte ich an den Stellen mit stark verwehtem Schnee, wo die kurzen Zähne an der Unterseite der Schuhe nicht griffen, ein Stück weg. Mir war klar, dass dies an den steilen Stellen des Aufstiegs ziemlich gefährlich sein würde. Ich sah, wie Ernst seinen dem Berg zugewandten Stock etwas weiter unten fasste, um das Gefälle auszugleichen, und machte es ihm nach.

»Wie orientierst du dich eigentlich? Man sieht kaum die Hand vor Augen«, rief ich.

»Nein, das stimmt nicht. Schau dich um. Du kannst unten, vielleicht 30 Meter tiefer, einen grauen Schatten sehen. Das ist der Waldrand. Wir sind gestern durch diesen Wald aufgestiegen, allerdings südlicher.«

Ich starrte in die Richtung, die Ernst zeigte. Tatsächlich hob sich in all dem Grau ein etwas dunklerer Schemen ab. Wir bewegten uns parallel dazu genau auf einer Linie.

»Die Natur ist nicht so feindselig, wie man vielleicht denkt«, fuhr Ernst fort. »Letztlich kennt man die Bandbreite dessen, womit man zu rechnen hat. Das ist bei Menschen nicht so. Sie täuschen alles Mögliche vor. Und letztlich tun sie ganz was anderes.«

Es schien mir, als würde Ernst mehr zu sich selbst sprechen als zu mir. Da ich ohnehin allmählich außer Atem geriet, war ich ganz froh, nicht antworten zu müssen. Behutsam setzte ich weiter Fuß vor Fuß und versuchte dabei, so nah an Ernst dranzubleiben wie möglich.

»Nimm das Gewitter vorhin: Es ist ganz erklärlich, warum es entstand. Und dass es weiterzieht oder sich auflöst. Nichts Kompliziertes.«

»Besteht hier eigentlich Lawinengefahr?«, keuchte ich. »Mit all dem tiefen Schnee …«

»Hier nicht, der Hang ist nicht so hoch, aber andernorts ist das durchaus ein reales Risiko. So, wir sind gleich da.«

Ich schüttelte den Schnee von meiner Kapuze. Für einen Augenblick achtete ich nicht auf meinen Weg und rumste gegen einen Wegweiser. In das Holzschild war ein Seilbahnsymbol eingeritzt. Ich blinzelte. Ernst war schon ein gutes Stück voraus, seine Gestalt verschwamm hinter den Schneeflocken. Ich machte, dass ich ihm nachkam. Obwohl er mir den Waldrand als Orientierungsmarke gezeigt hatte, wollte ich ungern allein in diesem Wetter zurückbleiben. Etwas weiter weg tauchte langsam die Anlage der Seilbahn auf. Man musste kein Prophet sein – sie lief nicht. Frustriert hieb ich beide Stöcke in den Schnee.

»Wäre sie in Betrieb gewesen, hätte mich wahrscheinlich wenig davon abgehalten, gleich ins Tal zu fahren«, fauchte ich, während ich auf die altmodischen Sessel blickte, die hoch oben schaukelten. Von wegen Seilbahn! Ein simpler Sessellift war das! Die Tragseile verloren sich nach wenigen Metern im Wolkennebel. Als ich meinen Blick endlich löste, war Ernst nicht mehr da.

Ich drehte mich einmal um die eigene Achse.

»Ernst?«, rief ich.

Keine Antwort. Der Wind pfiff. Ich zog meinen Schal fester und stapfte weiter Richtung Seilbahn. Folgte Ernsts Spuren, die bereits wieder zuschneiten. Aus dem Dunst schälte sich eine winzige Holzhütte ein paar Meter weiter. Ich umrundete die obere Umlenkscheibe, warf einen kurzen sehnsüchtigen Blick auf Kassenhäuschen und Zustieg und ging auf die Hütte zu.

»Ernst?«

Nichts. Ich betrachtete konzentriert die Spuren seiner Schneeschuhe. An einigen Stellen kam mir der Schnee aufgewühlt vor, als sei zuvor jemand dort entlang gegangen und habe Abdrücke hinterlassen, die von Wind und Schnee so gut wie verweht worden waren. Genervt riss ich meine Kapuze vom Kopf. Hatte sich jemand hierher aufgemacht, um die Seilbahn zum Laufen zu bringen? Ich umrundete die Hütte, konnte Ernst jedoch nicht finden. Die Tür war abgeschlossen und mit einem Vorhängeschloss gesichert. Probehalber rüttelte ich am Griff. Sinnlos. Ernst war sicher nicht dort drin und hatte das Schloss von außen wieder hingehängt. Die Tür war seit Stunden nicht geöffnet worden, eine dicke Schicht Schnee, etwa einen halben Meter hoch, hatte sich davor aufgetürmt.

Kurz lehnte ich meine Stirn an die Holzwand. Dies hier fühlte sich wie der absolute Nullpunkt an. Die

Hoffnung, gefahrlos ins Tal zu kommen, war dahin. Ich stand mutterseelenallein im Schnee, und das einzige Mittel, auf das ich gehofft hatte, um der Isolation zu entkommen, war zu einem irrealen Traum geworden. Mir war zum Heulen. Ich merkte, dass ich die kurze Wanderung hierher nur deshalb genossen hatte, weil meine Hoffnung mich angetrieben hatte. Nun blieb mir nichts anderes übrig, als mich zurückzuschleppen mit der schweren Last der Ausweglosigkeit. Unsere Truppe in der Ahornsteighütte war dazu verdammt, einfach abzuwarten. Zu tun gab es nichts mehr. Mir wurde bewusst, dass ich den Rückweg dorthin trotzdem schaffen musste.

Plötzlich spürte ich, wie jemand hinter mich trat. Ich fuhr herum. Die Schneeschuhe bremsten meine Bewegung. Ich strauchelte und stürzte. Über mir stand Ernst.

»Wo hast du gesteckt?«, knurrte ich ihn an.

Er machte eine Geste zur Seilbahn hinüber. »Habe mich nach der Technik umgesehen.«

»Du hast nicht zufällig einen Schlüssel zur Werkstatt?«

Er hielt mir die Hand hin. Ich griff zu und ließ mir aufhelfen.

»Nein«, lachte er. »Aber man sieht, dass kein Strom drauf ist. Entweder hat das Gewitter damit zu tun, oder jemand hat vorsorglich die Stromversorgung ausgestellt. Ich bin ein bisschen herumgelaufen, um ein Telefonnetz zu finden. Aussichtslos.«

»Kann man den Strom wieder anstellen?«, fragte ich kleinlaut.

Ernst verzog das Gesicht. Seinem Ausdruck war nicht zu entnehmen, ob er genervt wegen der stromlosen Bahn oder meiner Fragen war. Oder ob es ihn überhaupt interessierte, ob die Bahn lief.

»Ich kann es nicht. Dazu brauchst du Techniker, die das Modell kennen.«

»Ein ziemlich altmodisches Modell«, knurrte ich.

Er sah mich an. »Zweiersessel, eine Kapazität von 800 Personen pro Stunde und eine Maximalgeschwindigkeit von drei Sekunden pro Meter.«

»Ach ja? Ist das viel? Wenig?«

Ernsts Blick verfinsterte sich. »Das ist kein taufrisches Modell. Der Sesselabstand könnte vielleicht geringer sein, dann würde man noch mehr Personen in der gleichen Zeit transportieren können. Und das Modell ist fixgeklemmt, das heißt, Zu- und Ausstieg sind nicht ganz so komfortabel, weil man bei voller Geschwindigkeit rein oder raus muss. Man braucht schon ein bisschen Übung, um solche Lifte zu benutzen.«

»Also von wegen Seilbahn.«

Er grinste schief. »Einigen wir uns auf Sesselbahn. Das ist der korrekte Ausdruck.«

Ich starrte auf die leblose Anlage. »Damit ist unser Schicksal besiegelt.«

Ernst lachte auf. »Du machst es nicht unter einer gewissen Dramatik, oder?«

»Was meinst du damit?«

»Du liebst das Pathos. Die Tragödie.«

Ich starrte ihn an. Mir fiel tatsächlich nichts ein, was ich entgegnen könnte. Der Wind zerrte an uns. Jetzt, da ich bewegungslos herumstand, wurde mir kalt. Ich zog die Schultern hoch.

»Lass uns zurückgehen«, schlug ich vor. »Und nein, ich liebe nicht die Tragödie. Ich bin ihr nur schon ab und zu in die Fänge geraten. Da bleibt was zurück.«

»Das wiederum kommt mir bekannt vor.«

Ich dachte zuerst, er meinte es ironisch. Doch seinem Gesicht, das sich mir nun zuwandte, sah ich an, dass er gerade etwas Tiefgehendes, Schmerzhaftes eingestanden hatte.

»Lass uns umkehren«, bat ich.

Er nickte. »Ist wohl besser.«

18.

Auf unserem Rückweg wuchs sich der Wind zu einem handfesten Sturm aus. Ich war völlig abgekämpft, als wir zurück zur Ahornsteighütte kamen. Selbst Ernst zog mit einem Seufzer der Erleichterung Stiefel und Anorak aus. Isolde bot uns Gemüsesuppe und Schinkenbrote an. Die anderen hatten anscheinend bereits gegessen, denn Ernst und ich saßen nur mit Isolde und Laura am Tisch und löffelten schweigend unsere Suppe. Beide Frauen nahmen die Nachricht, dass die Sesselbahn nicht fuhr, achselzuckend zur Kenntnis. Ihr Gleichmut hätte mich, wäre ich nicht so durchgefroren und niedergeschlagen gewesen, bestimmt auf die Palme gebracht.

Saskia kam mit ein paar Kabeln herein und überspielte den Filmclip direkt von ihrem Smartphone auf meins. Sie tat das weitgehend wortlos, nickte nur, als ich mich bedankte, und zwitscherte ab.

Ich klickte das Video an. Isolde und Laura blickten mir neugierig über die Schulter, während Ernst unbeteiligt sein Schinkenbrot verspeiste.

»Ziemlich scharfe Aufnahmen«, stellte Laura fest. »Trotzdem glaube ich nicht, dass man den Kerl findet. Du könntest den Clip höchstens ins Netz stellen und deine Follower auffordern, ihn zu teilen.«

»Himmel, Laura!« Isolde griff sich an die Stirn. »Du weißt, wie so was läuft. Das endet in einer Hexenjagd, bei der x Leute grundlos beschuldigt werden, der Rowdy zu sein, die überhaupt nichts mit der Sache zu tun haben.«

»Keine Sorge. Ich stelle das Video nicht ins Internet.« Ich steckte mein Handy weg. »Ist noch Suppe übrig? Oder hat jemand Franka schon was gebracht?«

Wie sich herausstellte, schien Isolde ganz selbstverständlich anzunehmen, dass *ich* die Krankenschwester spielte.

Franka freute sich über die Suppe, winkte jedoch ab, als ich ihr das Video vorspielen wollte.

»Ich lege keinen Wert drauf. Den Typen finden wir sowieso nicht.«

»Da wäre ich mir nicht so sicher. Mein Lebensgefährte ist bei der Polizei. Die haben ihre Methoden, glaub mir.« Ich staunte über mich selbst. Normalerweise gab ich nicht mit Neros Job an. »Übrigens: Die Seilbahn ist ein banaler Sessellift. Und läuft nicht. Ernst wollte nachsehen, ich habe ihn begleitet. Er sagt, es ist kein Strom drauf. Entweder das Gewitter. Oder prophylaktisch abgeschaltet.«

Franka schwang die Beine über den Bettrand und löffelte langsam ihre Suppe. »Seltsam, oder? Für mich macht es keinen Unterschied, ob ich hier wegkomme oder nicht. Für euch andere schon.«

»Hast du das mit dem Wetter überhaupt mitgekriegt?«

»Na ja, die Hütte ist hellhörig. Man bekommt ziemlich viel mit. Und wenn die Emotionen kochen, wird's laut.«

Ich grinste. »Touché.«

»Egal. Ich fühle mich sowieso scheiße. Da ist alles andere nicht so wichtig.«

»Warum bist du mitgekommen? Auf diese Wanderung?«

»Weil ich dachte, diese angehende Erkältung wäre nur ein vorübergehendes Unwohlsein, und wenn ich an die frische Luft komme, wird es besser.«

»Das meine ich nicht.« Ich verschränkte die Arme. »Björn hatte eine OP und soll Muskulatur aufbauen. Ich muss meine Fitness auffrischen. Lilo ist 50 geworden und will's noch mal wissen. Und Bastian ist ein Rätsel mit Schnapsfahne. Aber du?«

»Du hast recht, diese Wanderung ist eine Unternehmung für Versehrte.« Franka lachte, was wie ein Keuchen aus Atemnot klang. »Ich hatte einen schlimmen Unterzucker auf der Arbeit und bin umgekippt. Bin seit Wochen krankgeschrieben. Im neuen Jahr will ich wieder fit an meine Stelle zurück.«

»Was machst du denn beruflich?« Ganz ehrlich, ich konnte Franka überhaupt nicht einordnen. Sie kam mir vor wie jemand, der sehr auf Ordnung und Disziplin aus war. Andererseits schien sie die ganze unangenehme Situation auf der Hütte samt ihrer Erkältung und der geschwollenen Wunde an der Schläfe mit stoischem Gleichmut zu ertragen. Als habe sie nicht lange gebraucht, um sich mit der Lage abzufinden, während ich immer noch haderte.

»Nichts Besonderes. Ich bin in der Marketingabteilung eines großen Unternehmens.« Franka stellte die leere Tasse auf den Boden und streckte sich wieder auf ihrem Bett aus. »Aber du machst was Interessantes. Ghostwriterin. Das stelle ich mir spannend vor.«

»Mag sein.«

»Kann ich dich buchen?«

»Wie bitte?« Ein Verdacht machte sich in meinem Hinterkopf bemerkbar. Instinktiv massierte ich mein Genick. Die Erleichterung, die mir Isoldes Salbe verschafft hatte, war abgeklungen. Seit der Wanderung mit Ernst vorhin gingen mir die Schmerzen bei jeder Bewegung wieder durch Mark und Bein.

»Kann ich dich dafür bezahlen, dass du etwas für mich aufschreibst?«

Ich starrte sie an. »Die Geschichte deines Unterzuckers?«

Sie lächelte ertappt.

»Sorry, Franka, ich bin keine Therapeutin. Wenn du was loswerden willst, führe ein Tagebuch oder melde dich für eine Psychotherapie an.«

»Die Therapie habe ich längst hinter mir. Und für ein Tagebuch fehlt mir die Geduld.«

»Ich mache so etwas nicht.«

»Was – so etwas?«

»Dass ich mir von Menschen alles über ihren Unterzucker erzählen lasse, um es dann niederzuschreiben.« Es kam immer wieder vor, dass Leute an mich herantraten, damit ich ihre Traumata aufschrieb. Ich lehnte immer ab. Erstens mussten sie selbst an die Leichen in ihren Kellern ran – und zweitens hatte ich selbst zu viele davon.

Franka guckte mich enttäuscht an.

»Im Ernst, Franka. Ich schreibe Bücher. Manche gehen in den Verkauf, andere sind nur für den Auftraggeber oder seinen engsten Kreis bestimmt. Jedes Mal sind es jedoch abgeschlossene Geschichten mit einem Anfang, einer Mitte und einem Ende. Mit einem Motto. Einer Aussage.«

»Ein Motto …«

»Und dein Unterzucker ist mir für ein Buch ein klein bisschen zu wenig. Wobei ich sowieso nicht an Unterzucker glaube. Reden wir stattdessen von etwas anderem? Nervenzusammenbruch? Schock? Burn-out?«

Sie zog den Kopf ein. »Du hast den richtigen Riecher. Du siehst ziemlich schnell, was mit Leuten los ist, oder?«

Ich zuckte die Achseln. Der Schmerz schoss durch mein Genick. »Scheiß Trekkingstöcke!«

»Eigentlich ist niemand hier mit sich selbst im Reinen«, fuhr Franka fort. »Warum trinkt Bastian? Und was ist mit diesen Schnepfen Anita und Saskia los?«

»Das hast du mitgekriegt?« Ich zog mein Handy aus der Tasche und suchte nach dem Filmclip.

»Wie gesagt. Das Haus ist hellhörig.«

Abgelenkt betrachtete ich Saskias Video. Man sah den verschneiten Wald aus der Vogelperspektive, das Kameraauge schwebte schätzungsweise in 20 Metern Höhe über den Bäumen. Rasch kam die Skipiste in Sicht. Die Drohne bewegte sich mit den Läufern talwärts. Plötzlich erkannte ich unsere Wandergruppe. Die Drohne sank tiefer. Nahm Björn in seinen schwarzen Klamotten aufs Korn. Die Auflösung war phänomenal. Ich konnte jede Falte in seinem angespannten Gesicht sehen. Mit einem etwas wackeligen Schwenk peilte die Kamera Ernst an. Er schien die Drohne zu bemerken, starrte einige Sekunden genau in das Kameraauge, worauf die Drohne an Höhe gewann. Nun sah ich Franka und mich am Rand der Piste mit der Steigung kämpfen. Beinahe war ich Saskia dankbar, dass sie uns nicht aus so großer Nähe wie die anderen gefilmt hatte. Wieder schwenkte die Kamera auf die Skiläufer. Nach einem erneuten Ruck erkannte ich mich im Schnee liegend. Und einen Mann mit wehendem strohblonden Haar, der gefährlich nah an Franka heranwedelte, erschrocken etwas rief, die Kurve zu spät nahm und Franka mit einer entschlossenen Armbewegung aus dem Weg stieß. Franka fiel hin.

Der Typ flitzte weiter. Die Drohne kreiste über unserer Gruppe, man sah Ernst den Hang hinunterrennen. Ich hielt den Clip an.

»Ich will's nicht sehen«, bat Franka.

»Der Knabe hat dich richtiggehend weggeschubst. Körperverletzung, wenn du mich fragst.«

Eine Windbö fuhr ums Haus. Das Gebälk über uns knarrte.

Franka kuschelte sich in ihren Schlafsack. »Es interessiert mich wirklich nicht, Kea. Die Verletzung ist ein bisschen unangenehm, aber sicher nichts Schlimmes. Ich versuche lieber, ein bisschen zu schlafen. Danke für die Suppe.«

19.

FRANKA, 37, Burn-out-Patientin

Man hat mir gesagt, dass die Berge ein idealer Erholungsort wären. Wandern wäre genau die richtige Freizeitbeschäftigung. Abstand gewinnen, aus der Distanz die eigenen Probleme bearbeiten. In Bewegung kommen, um das Leben wieder anzukurbeln. Selbstwirksamkeit erfahren. Das sind tolle Begriffe, all diese Empfehlungen kannst du mit Zitaten berühmter Menschen aufhübschen. Helfen tut das alles nichts.

Irgendwie stecke ich schon zu tief im Sumpf. Ich kann nicht einfach den Berg hinaufwandern und mir dabei die Landschaft anschauen. In mir steckt die Überzeugung, dass es eine Leistung zu erfüllen gibt. Ich kann mir hundertmal vorbeten, dass es nicht darum geht, soundsoviele Höhenmeter raufzuhetzen oder die Hütte in einer bestimmten Zeit zu erreichen. Menschen wie ich haben sich zu lange über Leistung definiert. Nicht über Freude.

Zu dumm, dass diese innere Einstellung zur unbedingten Leistung beides betrifft: den Beruf und das Privatleben. Im Job heißt es: alles bewältigen. Abfedern. Durchdenken. Erledigen. Verantwortung übernehmen. Unerwartetes stemmen. Ich weiß nicht, wann du das letzte Mal eine Stellenanzeige gelesen hast. Das Adjektiv »belastbar« kommt in fast jeder vor. Bloß: Belastbarkeit ist endlich.

Ich bin tatsächlich jemand, der seinen Selbstwert fast ausschließlich daran festmacht, wie viel er schafft. Abschalten kann ich nicht. Der Job ist 24/7 in meinem Kopf. Ohne Unterlass dreht sich das Gedankenkarussell. Für die eigenen Bedürfnisse ist keine Zeit, und irgendwann kennst du deine eigenen Bedürfnisse nicht einmal mehr. Ich habe das lange nicht bemerkt. Erst, als jeder Schritt eine Anstrengung zu viel war, jeder Arbeitstag ein Überlebenskampf und jeder Extratermin eine toxische Last. Ich wusste nicht einmal mehr, wie ich mich erholen sollte. Samstags und sonntags lag ich im Bett, war am Montag trotzdem nicht fit. Im Gegenteil. Ich fühlte mich noch schlaffer, müder, richtig leer. In dieser Situation wurde mein Vater krank. Also verbrachte ich die Wochenenden bei ihm. Unterstützte, wo ich konnte. Klassische unbezahlte Care-Arbeit. Von der die Welt angeblich lebt. Versteh' mich nicht falsch. Ich habe das gern gemacht. Nur wurde die Summe der Belastungen irgendwann zu viel. Ich bin umgekippt. Mitten in einer Besprechung. Zuerst dachte man an Schlaganfall, dann an einen heftigen Unterzucker. Ich glaube, mein Körper zog die Reißleine, sorgte für einen Schock, damit ich zur Ruhe kam. Wenigstens für eine Weile.

Zwei Wochen Krankenhaus, bis ich so weit durchgecheckt war, dass man mir sagen konnte: Sie sind pumperlgsund. Eine Ärztin schickte mich zu einer Psychologin, und die sagte lapidar: Sie brauchen Ruhe. Sie müssen die Erwartungen an sich selbst runterschrauben. Haushalten Sie mit Ihrer Energie. Gewinnen Sie Ihre Interessen wieder. Was hat Ihnen früher Freude bereitet?

Ich habe versucht, mich zu erinnern. Was hat mir früher Freude gemacht? Wirklich, ich mochte Berge immer gern. Als Kinder waren wir drei Schwestern mit unseren Eltern in den Ferien oft wandern. Nach dem Tod meiner Mutter schlief das ein. Ich war damals 16. Zu der Zeit kamen zusätzlich eigene Interessen auf. Freundschaften, Urlaube in Eigenregie, Zeltlager an der Adria, Kanufahren auf der Altmühl. Trotzdem habe ich in meinem Gedächtnis so ein Bild abgespeichert: Auf einem Gipfel stehen, in das klare Blau des Himmels blicken. Rundumsicht. Das Gefühl, du schwebst. Fast wie ein Vogel, du fühlst dich frei. Was nervt, ist weit weg.

Deswegen habe ich mich zu dieser Tour angemeldet. Bevor ich im neuen Jahr wieder zur Arbeit muss. Ich wollte neu anfangen, wieder ganz die Alte werden, belastbar eben. Zurück zu den Pflichten wollte ich, freudestrahlend, Leute, Kollegen, keine Angst, der Zusammenbruch war nur ein Unterzucker.

Im Ernst, ich habe geglaubt, die drei Tage würden reichen. Eine Wandlung im Überschalltempo. Und jetzt – na, du siehst ja, wie es mir geht.

20.

Die Bücherstube, von der Isolde am Morgen gesprochen hatte, lag hinter der Küche zum Hang hin. Ein bunter Teppich, zwei Sessel und ein Bücherregal füllten das winzige Zimmer beinahe aus. Als ich vor das Regal trat, regte sich jemand hinter der Tür. Ich fuhr herum.

Björn hockte auf einer Trittleiter, ein Buch in der Hand.

»Entschuldige, falls ich dich erschreckt habe.«

»Hockst du gewohnheitsmäßig hinter Türen?«, blaffte ich ihn an. Mein Nervensystem schien ziemlich angegriffen zu sein. Ich war richtiggehend zusammengefahren.

»Diese Sitzgelegenheit hat für mich die ideale Höhe.« Verlegen grinsend bewegte er seine langen Beine.

Schnaubend wandte ich mich wieder den Büchern zu. Ein Windstoß ließ das Haus erzittern. Der Sturm schien sich zu voller Größe zu entfalten.

»Eine schöne Büchersammlung, die Isolde zusammengetragen hat.« Björn rückte an seiner Brille. »Ich habe gerade ein Reisetagebuch gefunden. Rund um das Schwarze Meer. Eine prima Ablenkung.«

»Es gibt wohl nichts, was in meinem Kopf jetzt weiter entfernt liegt als das Schwarze Meer.« Ich fuhr mit dem Finger über die Buchrücken. Allein diese zarte Bewegung beruhigte mich. Bücher übten einen positiven Einfluss auf mich aus. Irgendeine warme Erwartung auf ein angenehmes oder abenteuerliches Leseerlebnis erfasste mich.

»Geht mir nicht anders«, sagte Björn. »Umso besser. Die Lektüre beamt einen weg. Ganz woanders hin. Raus aus Schnee und Sturm. Warme Winde, Segelboote, Strände.«

Unsere Blicke begegneten einander. Sollte ich in Björn eine verwandte Seele vor mir haben?

»Leser aus Leidenschaft?«, fragte ich. »Oder beruflich?«

Es sah nicht so aus, als würde Björn meine Frage beantworten. Er starrte auf das Buch in seiner Hand.

»Also beides«, stellte ich fest. »Leidenschaft und Beruf.«

Björn blieb die Antwort erspart, denn nebenan in der Küche begann jemand laut zu reden.

»Ich glaub's nicht. Die Anita will wirklich abfahren. Jetzt!«

»Des Menschen Wille ist sein Himmelreich, Laura«, hörte ich Isoldes rauchige Stimme antworten.

»Dann soll sie ihren Tonio gleich mit runternehmen, und den Günther auch. Ich sag dir doch, der Günther, der stiftet nur Unfrieden. Mit dem kommt niemand lang aus.«

Björn und ich starrten einander an. Verblüfft und zugleich peinlich berührt, dass wir beide in den zweifelhaften Genuss dieser Unterhaltung kamen. Franka hatte recht gehabt: Das Haus war enorm hellhörig.

»Lass gut sein. Der Günther ist ein guter Kerl.«

»Ja, mir ist schon klar, warum du das sagst.« Geschirr klapperte laut. »Mir wäre es jedenfalls wohler, wenn wir ihn nicht unter unserem Dach hätten. Die Situation ist eh angespannt, es fehlt nicht viel, und die gehen sich alle an die Gurgel.«

»Glaube ich nicht.« Isolde wirkte eingeschnappt. »Ehrlich gesagt denke ich eher …«

»Was?«, schnappte Laura.

»Ach … nichts.«

Töpfe klapperten, dann drang erneut Lauras Stimme durch die Wand in die Stube: »Dass du dem Günther die Stange hältst …«

»Sei ruhig!« Scharf schnitt Isolde Laura das Wort ab. »Du hast gewusst, worauf du dich einlässt.«

Björn stand auf und schob sein Buch wieder in das Regal.

»Ich meine ja nur.« Laura ließ nicht locker. »Die Anita

kann einem schon ohne Männer auf die Nerven gehen. Sobald zwei um sie rumgockeln, wird's unerträglich.«

»Dann kann's dir doch nur recht sein, wenn sie abfährt.«

»Sie kann nicht abfahren. Und das weißt du. Viel zu gefährlich. Die Sicht und der Wind. Die Piste ist bestimmt längst geschlossen.«

»Wenn sie diese Entscheidung trifft, respektieren wir sie. Wir sind nicht die Kindermädchen unserer Gäste.«

Laura lachte laut auf. »Begreiflich, warum du sie am liebsten los hättest, Isolde. Sofern der Günther bleibt. Ein paar Tage eingesperrt, der Günther ohne nennenswerte weitere weibliche Entourage … Und der Tonio scheint nur ein Pappkamerad zu sein, den die Anita in ihrem Scheinwerferlicht braucht, damit sie selbst umso heller leuchtet.«

Björn drehte sich zu mir um. Belustigt zog er eine Augenbraue hoch. Ich grinste. Und zugleich schoss mir durch den Kopf, was Isolde mir gestern verklickert hatte. Sie würde Günther eigentlich nicht besonders gut kennen. Was Laura gerade vom Stapel ließ, hörte sich anders an.

»Das ist der totale Blödsinn, wirklich, Laura. Lass es gut sein. Sieh lieber zu, dass das Gulasch für heute Abend fertig wird.«

»Ist fertig. Und das vegane auch gleich. Isolde, mich geht's nichts an, aber sei vorsichtig mit dem Günther. Bei dem weiß man nie.«

»Du hast recht, geht dich nichts an. Und jetzt schau, dass wir Kaffee und Kuchen auf den Tisch kriegen. Gute Verpflegung macht den Gästen bessere Laune.«

Man hörte Isoldes Schritte aus der Küche über den Gang laufen.

»Puuuh«, machte ich halblaut. »Jetzt bin ich wirklich gespannt, ob Anita abfährt oder nicht.«

21.

GÜNTHER, 38, Bergführer

Natürlich ist so ein schlimmes Ereignis ein Einschnitt. Du wirst es nicht los. Es begleitet dich über Jahre, vielleicht sogar dein ganzes Leben lang. Ich stelle es mir so vor: Du erlebst immer wieder Momente, in denen das Geschehene zurückkehrt. Unmittelbar, ungeplant, einfach so. Du weiß nicht einmal, welche Trigger diese Wiederkehr auslösen. Man wünscht sich bestimmt nicht, so zu leben.

Ich sehe deinem Gesicht an, dass du an Schuld glaubst. Ich dagegen glaube an Umstände. Dinge geschehen. Wir haben Verantwortung für sie, ohne unbedingt schuld an ihnen zu sein. Schau: In diesem Fall gehörten ja wohl mindestens zwei dazu. Eine Person, die ehrgeizig ist, Ambitionen hat, mehr will. Lebenslust spielt da eine Rolle. Gier nach Erfahrungen. Schnelligkeit, Tempo, wollen wir das nicht alle? Ich meine, wir genießen es, wenn das Adrenalin durch unsere Adern schießt. Wenn wir das Gefühl haben, jetzt, genau jetzt, erleben wir einen ewigen Moment! Unser Alltag ist durchgeplant, Schreibtisch, Büro, Pendeln, Bus, U-Bahn, Stau. Wir sitzen eigentlich immer. Die meisten Jobs sind banal und langweilig. Plötzlich bietet sich die Chance auf Bewegung: raus, an die frische Luft, und los. Wie als Kinder. Als wir nach den Hausaufgaben endlich rausdurften. War das bei dir auch so? Im Winter hat meine Mutter sogar eingewilligt, dass ich zuerst raus darf und später die Hausaufgaben mache. Weil es ja vier, fast fünf Monate so früh dunkel wird. Ich musste mich einfach austoben. Bei mir war es das Rodeln. Das habe ich geliebt. Du nicht?

Ich denke, als Kinder haben wir mit Geschwindigkeit noch richtig umgehen können. Automatisch haben wir unsere Fähigkeiten vernünftig eingeschätzt. Na gut, am Schlittenhang, da waren welche dabei, die haben's übertrieben. In Bauchlage sind die den Berg runtergerauscht. Einer ist in einem Gestrüpp gelandet, der hat sich das Augenlid fast abgerissen. Blut, Geheule, ein mega Theater. Er ist noch auf seinen beiden Beinen ins Dorf zurückgelaufen, ein Mädchen ist mitgegangen. Dort haben sie den Arzt rausgeklingelt. Der hat das Lid wieder angenäht. Dem Jungen sah man später nichts mehr an.

Kurz gesagt, ich finde, dass wir alle den Rausch der Geschwindigkeit kennen. Aus diesem Grund gehen Leute in die Berge. Mountainbiken, skifahren, snowboarden. Es hat mit dem Adrenalin zu tun. Das Tempo ausreizen. Sich aufputschen, indem man Gefahren besteht. Die Sucht nach dem Risiko. Das ist das Ziel.

Deshalb habe ich gesagt, es gehören immer zwei dazu.

22.

Anita würde nicht abfahren. So viel stand fest. Selbst ein Flachlandtiroler wie ich erkannte mit einem Blick nach draußen, dass es unmöglich war, auf Skiern ins Tal hinunterzukommen. Der Wolkennebel hing zu dicht, es schneite noch, und der Sturm verwirbelte den Schnee und türmte ihn zu meterhohen Verwehungen auf. Nach dem Mittagessen stiefelte ich über die Terrasse. Einfach eine kurze Pause vom Hüttenleben. Von den Bergen ringsum war nichts zu erkennen.

»Wird wohl nichts mit der flotten Abfahrt auf Skiern«, sagte ich leichthin, als ich wieder im Haus war und vor der Schuhkammer auf Saskia stieß.

Die sah mich nur sauer an. »Ist mir egal.«

»Du wolltest nicht abfahren?«

»Sagen wir mal so: Ich lege keinen Wert drauf, mit Typen wie dir einen Zwangsurlaub zu verbringen. Aber umbringen will ich mich nicht.«

»Deine Busenfreundin sieht das wohl anders.«

Anita, Tonio und Günther hatten zuvor im Speiseraum bei Kaffee und Kuchen lautstark das Für und Wider einer Abfahrt unter den gegebenen Wetterbedingungen diskutiert. Unsere Wandergruppe erging sich in Schweigen. Selbst Bastian, der seinen Rausch endlich ausgeschlafen und sich zu Tisch gesellt hatte, schien kein Bedürfnis zu verspüren, sich mit ein paar lockeren Sprüchen an der Unterhaltung zu beteiligen.

Saskia stemmte die Hände in die Hüften. »Du verurteilst sie, dabei kennst du sie gar nicht. Anita ist eine großartige Sportlerin. Dazu gehört nicht nur das Können, sondern auch die Kameradschaft. Ich weiß nicht, ob du was davon verstehst.«

»Gehört dazu auch, dass man mehreren Männern zugleich schöne Augen macht?« Ich musste an das Gespräch zwischen Laura und Isolde denken, das Björn und ich vorhin unfreiwillig belauscht hatten.

»Wieso? Sie ist mit Tonio zusammen.«

»Aber Günther ...«

»Du bist echt bescheuert. Sie ist gut mit Günther befreundet. Günther ist ein fantastischer Mountainbiker und Skifahrer, und sie kennen sich beide seit Jahren von etlichen Wettbewerben her.«

»Weil Anita natürlich auch eine super Mountainbikerin und Skifahrerin ist.«

Saskia starrte mich an. Ich ahnte, dass ich den Bogen überspannt hatte. Doch der Sarkasmus troff aus mir nur so heraus. Obwohl ich eben noch geglaubt hatte, mich einigermaßen mit unserer Zwangspause auf der Ahornsteighütte angefreundet zu haben, wollte sich der Frust plötzlich mit aller Macht Luft machen.

»Sobald wir wieder Internet haben, leite ich deinen Clip an meinen Lebensgefährten weiter«, sagte ich kühl. »Nur, dass du Bescheid weißt.«

»Von mir aus.« Saskia warf ihr Haar zurück. »Übrigens: Wir spielen Wahrheit oder Pflicht. Hast du Lust?«

Ich hatte nichts Besseres zu tun. Es war erst kurz nach 14 Uhr. Der Rest des Tages ballte sich vor mir zusammen, bedrohlich wie das Unwetter draußen. Kein Ende in Sicht.

»Okay«, sagte ich.

23.

ERNST, 41, Bergführer

Erinnern schmerzt.

Deswegen liebe ich den Winter. Weil im Winter noch alles in Ordnung war, damals. Wir hatten ein Leben.

Wenn ich heute im Winter die Fenster am Morgen weit öffne und die beißend kalte Luft atme, fühle ich mich frei.

In unserem letzten Winter gehörten die Pisten uns. Es gab viel Schnee. Toll zum Skifahren. An etlichen

Wochenenden fuhren wir noch spät am Freitagabend los, um am folgenden Morgen direkt im Skigebiet zu sein. Nichts wie rein in die Stiefel und ab nach draußen.

Ab nach draußen – ein Ausruf, *ihr* Ausruf, den ich immer noch im Ohr habe. Freude, Lachen, so ein Vibrieren, weil gleich etwas Tolles beginnt. Glück, weil der Tag uns gehört. Weil wir in der Natur sein werden. Weil wir einander haben. Weil wir abends bei einem Glühwein zusammensitzen und reden. Nun gibt es kein ›uns‹ mehr. Und die Freude, das Lachen, das Glück – alles abstrakte Ziele, die ich mir wieder neu erarbeiten muss. Ich mache Fortschritte, immerhin. Ein Stündchen Freude, wenn ich in aller Frühe vor die Tür trete, in den frisch gefallenen Schnee, als Erstes meine Runde drehe, vor allen anderen, fühle, wie der Schnee staubt, wenn die kalte Luft in meine Lungen dringt, die Flocken mir ins Gesicht segeln. Das ist Glück.

Anschließend heimkommen und wissen, dass die Wohnung leer ist: Trauer. Ich könnte mir einen Hund anschaffen, hat letztens ein Freund gesagt. Der würde auf mich warten und sich freuen, wenn ich heimkomme. Oder sogar mitkommen auf die Loipe. Dann würde wenigstens noch ein Wesen in meiner Nähe atmen.

Ich kann nur hoffen, dass der Winter lange bleibt. Die stillen Tage, die frühe Dunkelheit – da fällt es mir leichter, abzuschalten, mich auf anderes zu konzentrieren. Ich arbeite viel. Die Bergführer-Schulungen an den Wochenenden tun gut, sie zwingen mich, unter Leute zu gehen. Wir sind Gleichgesinnte, obwohl so viele von den jungen Menschen in den Seminaren nicht einmal ahnen, welche Gefahren um sie lauern. Sie lieben ihr Hobby, bezeichnen es als ihr Leben, ihre Freiheit, doch in der rauen Wirklichkeit werden sie irgendwann herausfinden, dass selbst der lockerste Schnee, selbst die herrlichste Sicht nur einen Zentimeter vom Tod entfernt ist. Ich sage niemals etwas zu ihren Schwärmereien, genieße die positive Ausstrahlung meiner Kollegen und Kolleginnen. Wir reden viel über unsere Erfahrungen in der Natur. Ich trage bei, was möglich ist. Worüber ich unmöglich sprechen kann, darüber schweige ich. Das Schlimmste ist nicht verhandelbar, ich will keine mitleidigen Formeln hören und auch nicht über meinen Schmerz diskutieren. Längst habe ich gelernt, dass genau dieser Schmerz immer da sein wird. Verluste reißen Löcher in den Boden, das habe ich mal gelesen. Und es ist wahr! Wie oft tun sich genau diese Löcher unversehens vor einem auf, Abgründe, blutige Mäuler, grausame Erinnerungen. Flashbacks. Was man als Letztes gesagt hat. Was *ich* als Letztes gerufen habe. Wörter branden auf.

Zu schwer. Nicht diesen Trail. Das muss nicht sein. Lass es uns lieber langsam angehen.

Es ist müßig. Ich führe mir die letzten Stunden nicht absichtlich vor Augen. Mein Unterbewusstsein tut dies ganz von allein. Immer wieder.

Da hilft auch kein Hund.

24.

»Sieh an!«, bemerkte Anita, als sie mich in Saskias Schlepptau in den Speiseraum kommen sah. »Die Eigenbrötlerin traut sich unters Volk.«

Mir dämmerte, dass ich mich in eine Zwickmühle begab. Wahrheit oder Pflicht zu spielen, konnte witzig sein und eine wunderbare Ablenkung vom echten Leben. Es konnte mich allerdings auch in eine üble Situation hineinreiten. Ich beschloss, dass meine Langeweile schlimmer war als eventuelle Folgen eines Spiels, das ich letztlich jede Minute abbrechen konnte.

Bastian, Ernst, Björn, Günther, Dennis, Saskia, Tonio und Anita saßen bereits um den Tisch. Lilo kam aus der Küche, einen Apfel in der Hand, und setzte sich dazu. Anita hatte ihr Handy vor sich liegen und eine Flasche in der Hand. Der Adventskranz war auf das Fenstersims befördert worden.

»Na los, setzt euch«, grinste Bastian mich an. »Irgendwie müssen wir ja die Zeit totschlagen, wie?«

»Wir könnten auch Monopoly spielen«, schlug Günther halbherzig vor.

Anita zeigte ihm einen Vogel. »Die Antwort auf die Frage oder Aufgabe zu verweigern, ist nicht möglich«, erläuterte sie die Regeln. »Die Person, auf die der Flaschenhals zeigt, bekommt nur eine Frage. Wer nicht antworten will, scheidet aus.«

»Wie wär's mit einem Schnaps bei Verweigerung?«, fragte Bastian.

»So viel Schnaps ist wohl nicht im Haus«, grummelte Dennis halblaut.

»Sind alle bereit? Dann geht es los.« Anita drehte die Flasche. Der Hals zeigte auf Dennis. Der verdrehte die Augen.

Genüsslich nahm Anita ihn ins Visier. »Also, Dennis. Wahrheit oder Pflicht?«

»Wahrheit.« Dennis knetete nervös seine Finger.

Anita sah ihn lauernd an. Ihre Augen glitzerten gefährlich. »Was war bisher dein größtes Versagen beim Sex mit Saskia?«

Dennis wurde flammend rot. Ich sah, wie Björn sich das Lachen verbiss. Er schien das Spiel wie eine Feldstudie zu sehen, in der jeder von uns eine noch unbekannte Spezies darstellte, die er zu erforschen wünschte.

»Ach, Anita«, stöhnte Günther leise.

»Also? Dennis? Bist du noch bei uns?«

Dennis suchte Saskias Blick. Meine Güte, dachte ich. Mir würden mindestens zehn launige Antworten einfallen. Sex mit Socken. Sex mit zwei verschiedenfarbigen Socken. Sex mit Clownsnase. Doch der arme Dennis schien sich wirklich bemüßigt zu fühlen, ein echtes Erlebnis auszupacken. Etwas, das ihm selbst und Saskia hochnotpeinlich sein würde.

»Also …«, begann er.

»Wir hören.« Anita trommelte mit den Fingern auf die Tischplatte. Die Stimmung im Raum knisterte. Aus der Küche hörte ich das leise Klappern von Geschirr.

Saskia verschränkte die Arme. Auch über ihre Lippen kam kein Wort. Nichts Humorvolles, keine augenzwinkernde Aufforderung an ihren Freund, nicht den Kopf hängenzulassen.

»Also ich«, stammelte Dennis, »ich habe …«

Bastian ging dazwischen. »Kumpel, das kann man ja nicht mit ansehen. Sag endlich was, damit wir weiterspielen können.«

»Socken«, sagte ich. »Sex mit Socken.«

Alle wandten sich mir zu. Anitas Augen verengten sich zu Schlitzen. Björn grinste.

»Hast du ein Problem mit Socken?«, fragte Günther belustigt.

»Ich nicht, aber Saskia offensichtlich.«

»Ja, Sex mit schwarzen Socken«, brachte Dennis endlich heraus.

Alle brachen in Gelächter aus. Die Spannung im Raum löste sich. Anita starrte mich finster an. Als Günther ihr zuzwinkerte, lösten sich ihre verspannten Gesichtszüge, und sie schloss sich der guten Laune an. Oberflächlich, wie mir schien. Ihr Grinsen kam mir nicht echt vor.

Dennis drehte bereits die Flasche. Der Hals zeigte auf Günther.

»Wahrheit oder Pflicht?«

»Wahrheit.«

»Wie viele Male bist du vom Mountainbike gestürzt?«

Günther musste nicht lange nachdenken. »20 Mal. Allein im vergangenen Jahr.« Er lachte laut.

Anita kreischte vor Lachen und leitete eine heftige

Flirtattacke ein. Ihr Blick saugte sich richtiggehend an Günthers Augen fest.

Ich sah, wie Björn schmunzelte, während Bastian sich an die Stirn schlug. Auch Dennis schien mit der lapidaren Antwort zufrieden. Alle fingen an, sich zu entspannen. Nur Ernst saß stocksteif da, das Gesicht ganz blass. Sein starrer Blick war auf Günther gerichtet. Ich las Abscheu darin – und blanken Hass. Mir schwante, dass diese beiden Männer etwas verband. Etwas Schillerndes, Schmerzhaftes. Etwas, das schon am Abend zuvor bei ihrem kurzen Gespräch über den bevorstehenden Wetterwechsel unterschwellig gebrodelt hatte.

»Kea? Brauchst du eine Extraeinladung?«, hörte ich Günther sagen. Vor mir auf dem Tisch sah ich die Flasche. Der Hals zeigte auf mich.

»Wahrheit oder Pflicht?« Günther feixte.

»Wahrheit.«

»Du liebe Zeit!« Anita hob theatralisch beide Arme. »Will vielleicht mal jemand in die Pflicht genommen werden?«

»Wahrheit also.« Günther leckte sich die Lippen. »Was war beruflich dein größtes Versagen?«

»Nichts«, erwiderte ich. »Beruflich versage ich nicht. Nur privat.«

Björn lachte auf. Saskia warf mir einen schrägen Blick zu. Die anderen stöhnten leise. Ich drehte die Flasche. Sie zeigte auf den Platz zwischen Dennis und Bastian. Dennis drehte sich ein Stück weg.

»Dann bin wohl ich dran«, sagte Bastian, als freute er sich, endlich seinen Beitrag zu leisten.

»Wahrheit oder Pflicht?«

»Pflicht.«

»Gib Anita eine Fußmassage.«

Bastian starrte mich an. »Was ist das denn für eine scheiß Aufgabe!«

»Leg los.«

»Warum verlangst du nicht gleich, dass ich der Tante die Füße küsse?«

Auf Anitas Wangen bildeten sich rote Flecken. Ich unterdrückte ein Grinsen. »Du kannst verweigern. Dann scheidest du eben aus.«

Ernst rückte unruhig auf seinem Stuhl herum. Auch Tonio schien sich ziemlich unwohl zu fühlen. Er warf einen Blick auf Günther, einen auf Anita. Dennis grinste schwach.

Genervt schob Bastian seinen Stuhl zurück und ging zu Anita hinüber. »Steh auf!«, fauchte er Tonio an. Der gehorchte sofort. Stöhnend ließ Bastian sich auf seinen Stuhl fallen. »Heb deine Flossen hoch.«

In Anita kämpften zwei Gefühle. Der Triumph, andere in unangenehmen Situationen zu sehen, stritt mit ihrem Bemühen, so zu tun, als würde ihr Bastians Unwille nichts ausmachen. Doch seine Zurückweisung hatte sie verletzt. Bevor ich stolz auf meine Retourkutsche sein konnte – immerhin hatte ich Anitas diverse Abfuhren noch deutlich im Kopf –, legte sie ihren linken Fuß auf Bastians Schoß. Tonio machte Stielaugen.

»Socken aus!«, lachte Ernst.

Ich fing Lilos Blick auf. Sie bewegte ganz sacht den Kopf hin und her. Ich zuckte nur leicht die Achseln.

Anita zog ihre Socken aus und warf sie melodramatisch hinter sich. Zum Vorschein kamen schmale Füße mit tiefrotem Lack auf den Nägeln. In Bastians breiten Händen wirkten sie wie zerbrechliches Porzellan.

»Bastian! Bastian!«, feuerte Günther ihn an. Dennis stimmte ein, während Saskia wie gelähmt dasaß.

Bastian knetete Anitas linken Fuß durch, bevor sie ihm den rechten reichte. Ziemlich ladylike. Doch in ihren Augen stand Wut. Und Widerwille.

»Fertig!«, knurrte Bastian, schubste Anitas Füße von seinen Oberschenkeln und griff nach der Flasche. »Weiter geht's.«

Der Flaschenhals zeigte auf Lilo. Ich konnte ihre Angst förmlich riechen.

»Also, Lilo«, begann Bastian. »Wahrheit oder Pflicht?«

»Wahrheit.«

Er grinste boshaft. »Anscheinend denkt jeder, er könnte sich rausreden. Nun gut. Sag mir: Hattest du schon mal Sex?«

Lilo saß wie eingefroren da. Ich musste innerlich den Kopf schütteln. Eine coole Antwort wäre »natürlich nicht« gewesen. Lilo allerdings schien gefangen in sich selbst und unfähig, überhaupt den Mund aufzumachen. »Ja«, hauchte sie schließlich.

Alle lachten. Einige gutmütig, wie Björn, andere schadenfroh. Tonio zum Beispiel. Er schlug sich auf die Schenkel und konnte sich gar nicht mehr beruhigen. Die Demütigung war auf Lilo niedergefahren wie das Schwert eines Henkers. Ihr Gesicht glühte. Tränen schimmerten in ihren Augen. Sie sprang so heftig auf, dass ihr Stuhl umkippte, und stürzte aus dem Speiseraum.

»He, Lilo, war doch nur Spaß!«, rief Bastian hinter ihr her.

Die Tür schlug mit einem Knall zu. Wir konnten Lilos schwere Tritte auf der Treppe hören.

»Fuck, der Schuss ist nach hinten losgegangen«, seufzte Bastian selbstzufrieden. »Wer ist dran?«

»Wir fangen von vorn an«, bestimmte Anita. Ehe noch jemand sie hindern konnte, drehte sie die Flasche. Sie zeigte auf Ernst.

»Ernst: Wahrheit oder Pflicht?«

»Pflicht.«

»Wälze dich draußen auf der Terrasse in einer Schneewehe. In Unterhosen.«

25.

Pflichtaufgaben dieser Art gehörten zum Spiel wie Kaiserschmarrn zu einer Bergtour. Die ganze Bande sammelte sich mit Stiefeln und Anorak angemummelt auf der Terrasse, wo Ernst sich gleichmütig auszog, Björn seine Sachen in die Hand drückte, im engen blauen

Slip über die Terrasse rannte und mit einem Juchzer in die nächstbeste Schneewehe hüpfte. Verblüfft sah ich, dass er komplett darin unterging. Alle johlten. Es dauerte ein paar Augenblicke, ehe er wieder auftauchte. Mit allem Körpereinsatz musste er sich zur Terrasse zurückkämpfen. Wie ein Maulwurf, der sich durch die Erde gräbt, schoss es mir durch den Kopf. Während Saskia und Anita kreischten und kicherten, dachte ich an Lilo. Ihr Selbstwertgefühl schien ganz schön angekratzt. Einerseits tat sie mir leid. Andererseits ärgerte mich, dass Typen wie Anita oder Bastian immer wieder auf ihre Kosten kamen, weil anderen die Chuzpe fehlte, dagegenzuhalten.

Ernst hatte die Terrasse erreicht.

»Komm, Kumpel!« Bastian reichte ihm die Hand und zog ihn aus dem Schnee. Seine Haut leuchtete knallrot.

»Zufrieden?«, fragte Ernst in Anitas Richtung. Er nahm seine Sachen von Björn entgegen, wartete ihre Antwort nicht ab und ging ins Haus.

Wir folgten wie die Lemminge. Ich schüttelte den Schnee aus meinem Haar und hängte meine Jacke auf. Die Versuchung war groß, einfach in den Schlafsack zu kriechen. Doch mit Lilos Frust konfrontiert zu werden, dazu hatte ich auch keine Lust. Die anderen hockten längst wieder im Speiseraum, als ich hineinkam. Der Flaschenhals zeigte auf Günther.

»Schon wieder«, seufzte der gespielt entsetzt.

Ernst, wieder angezogen, strich sich durchs Haar. »Wahrheit oder Pflicht?«

»Wahrheit.«

»Oh Mann«, stöhnte Anita.

»Warum hast du das getan?«, fragte Ernst.

Die Stimmung gefror.

»Was getan?«

Ich sah von einem zum anderen. Die Atmosphäre war binnen Sekunden eine andere. Der Speiseraum schien elektrisch aufgeladen. Saskia und Dennis guckten einander verwundert an. Tonio fixierte Günther mit gerunzelten Brauen. Anita spielte auf ihrem Handy herum.

»Ja, was getan, Ernst?«, trompetete Bastian.

Ich fühlte Björns Blick auf mir, sah ihn an. Zuckte leicht mit den Schultern. Ein Kribbeln kroch über meine Arme. Irgendwas Schräges ging hier vor; was, entzog sich meinem Verständnis. Björn schien es genauso zu gehen.

»Günther, du weißt, was ich meine. Also?«

»Augenblick!«, protestierte Bastian. »Wenn Günther es weiß, schön. Klär uns auf, Günther.«

»Ich glaube, das Spiel ist für mich beendet.« Günther schob seinen Stuhl zurück und ging. Die Tür klappte.

Eine peinliche Stille trat ein. Schließlich sagte Björn: »Ich mache auch Schluss.«

Ohne eine weitere Erklärung verließ er ebenfalls das Zimmer.

»Meine Fresse!« Bastian schüttelte ungläubig den Kopf. »Und? Was ist mit euch? Geht ihr auch von der Fahne?«

Niemand hatte mehr Lust zu spielen. Saskia griff nach Dennis' Hand. Tonio starrte schweigend auf die Tischplatte. Anita blickte mich an. Als hätte ich zu entscheiden, wie es weiterging. Außer Bastian schien niemand etwas sagen zu wollen. Als hätte diese eigenartige Frage an Günther uns den Atem geraubt. Uns bewegungsunfähig gemacht. Ich verschränkte meine Arme, um dieses unangenehme Kribbeln loszuwerden.

»Was war das denn jetzt, zum Teufel?« Bastian hatte die Frage an niemand besonderen gerichtet. Offenbar hätte sie auch keiner von uns beantworten können.

Schweigend verließ ich den Speiseraum.

Als ich die Tür hinter mir schloss, stand ich im Finstern. Irritiert blickte ich zur Haustür. Durch das winzige Fensterchen sah ich, dass draußen bereits die Nacht herankroch. Dabei war gerade einmal drei Uhr vorbei. Ich schüttelte das Unbehagen ab und stieg die Treppen hinauf. Ich sehnte mich danach, allein zu sein. Sogar im dunklen Schlafraum in meinem Bett zu liegen würde ausreichen, meine seelische Balance wiederherzustellen. Ich würde mich einfach hinlegen, ein wenig lesen, einschlafen und dann hoffentlich erst zum Abendessen aufwachen.

Als ich leise die Tür zu unserem Schlafraum öffnete, sah ich Lilo auf ihrem Bett hocken und ihre in dicken Socken steckenden Füße betrachten, als könnten die ihr etwas enorm Wichtiges erzählen.

Sie legte einen Finger auf die Lippen und deutete mit der anderen Hand auf die schlafende Franka. Ich nickte nur, kletterte in mein Bett und griff nach meiner Stirnlampe. Ein leises Rascheln verriet mir, dass auch Lilo in ihren Schlafsack kroch. Draußen heulte der Sturm. Es könnte gemütlich sein, wenn man zu Hause wäre, schoss es mir durch den Kopf. Jedenfalls nicht auf knapp 2.000 Metern mit lauter verrückten Sportlern in einer Berghütte. Ohne Zufahrtsweg. Während die Sesselbahn ausgefallen war. Für wer weiß wie lange. Ich schlug den Krimi auf, den ich mir aus der Stube mitgenommen hatte, und fing an zu lesen. Doch meine Gedanken waren nicht bei der Sache. Dieser seltsame Zweikampf zwischen Ernst und Günther, der nur aus einer einzigen rätselhaften Frage bestanden hatte, ging mir nicht aus dem Kopf. Sie hatte wie ein stiller Vorwurf geklungen. Was hatte Günther in Gottes Namen getan? Sein Abgang verriet, dass er genau wusste, wonach Ernst gefragt hatte. Während die anderen im Dunkeln tappten. Oder zumindest so taten.

Trotz der rotierenden Gedankenmaschine in meinem Hirn heftete ich meinen Blick mit aller Willenskraft auf die Seiten vor mir. Denn eins wollte ich bestimmt nicht: in eine weitere menschliche Tragödie hineingezogen werden, die sich ein paar Meter entfernt in diesem Zimmer entfaltete. Lilo weinte. Sie unterdrückte ihr Schluchzen, so gut es ging. Ich war selbst viel zu oft in solchen Untiefen unterwegs, als dass ich ihren Zustand nicht bemerken würde. Sollte sie ungestört heulen dürfen. In etlichen dieser Abgründe konnte man gar nicht weinen, so sehr man es sich wünschte. Und wenn der innere Sturm endlich losbrach und sich Tränen lösten, blieb man hilflos zurück und ließ dem ganzen Elend am besten seinen Lauf.

26.

LILO, 50, kämpft gegen sich selbst

Mit 12 wuchsen meine Brüste. Meine Formen wurden rund. Und sehr üppig. Meine Mutter gab mir einen ihrer alten BHs. Der passte mir nicht. Die Körbchen waren zu klein und das Brustband zu eng. Ich wusste nicht, dass es auch andere Größen und Modelle gab. Ich trug viele Jahre lang 75 B und wunderte mich, warum ich mich damit immer unwohl fühlte. Spätestens mit 18 hätte ich merken können, dass ich einfach eine andere Größe brauchte. Es sollte noch Jahre dauern, bis ich auf den richtigen Trichter kam …

Keine passende Kleidung zu finden, begleitet mich mein Leben lang. Körperdiversität ist heute ein Thema, über das viele freimütig sprechen. In meiner Jugend war ich einfach eine fette Sau. Die mit den dicken Oberschenkeln, dem wabbelnden Busen und dem riesigen Hintern. Ich wurde angestarrt und beurteilt und weinte mich oft in den Schlaf. Denn wenn du, weil du den ›falschen‹ Körper hast, verurteilt und weggebissen wirst, gehörst du nirgendwo dazu.

Meine Eltern waren beide sehr sportlich. Als ich klein war, unternahmen wir viele Radtouren. Ich liebte das. Ich bewegte mich einfach gern und verausgabte mich. Danach war ich wahnsinnig hungrig. Ich sehe heute noch das Gesicht meiner Mutter, als ich das dritte Schinkenbrot nach einer Tour futterte. Sie hatte diese Gabe, nichts zu sagen, mir aber unterschwellig zu verstehen zu geben, dass sie mein Verhalten nicht richtig fand. Sie selbst war gertenschlank. Und sie hatte nie Hunger.

Als ich in die Pubertät kam, war zum Glück gerade Schlabberlook angesagt. Wir trugen Hosen und Shirts, die nur so an unseren Körpern schlotterten. Ich hielt diesen Stil auch noch für eine gute Idee, als ich längst über 20 war. Noch heute fällt es mir schwer, mich schick und körperbetont zu kleiden. Ich weiß einfach nicht, wie man das macht. Oder eigentlich eher: Ich weiß nicht, was mir stehen könnte.

Eine Zeit lang habe ich Diät gehalten. Ich habe Kalorien gezählt und nicht einmal mehr Milch in den Kaffee getan. Du kannst das für ausgemachten Blödsinn halten – die Zeitschriften, die ich in dieser Lebensphase las, verkündeten jedenfalls, dass Abnehmen und ein toller Body eine easy Angelegenheit wären. Ich befolgte die Vorschriften und sah trotzdem immer noch nicht aus wie meine Mutter. Ich entsprach überhaupt keiner Schönheitsnorm. Ich war nicht dick, aber auch nicht schlank. Mein Körper war athletisch und kräftig – und zusätzlich rund.

Und so ist es bis heute geblieben. Ich bin vor nicht allzu langer Zeit 50 geworden. Habe mich vor den Spiegel gestellt und mir gesagt: Sieh dich an. Was du geschafft hast. Wie weit du gekommen bist. DAS ist wichtig. Doch dann treffe ich auf Tussen wie Anita. Sofort bricht mein Ego zusammen. Das bisschen Selbstsicherheit, das ich im Beisein solcher superschlanker Modeltypen noch zusammenkratzen kann – rauch es in der Pfeife. Die Anitas dieser Welt schauen mich an und glauben zu wissen, wer ich bin. Belächeln mich mitleidig, wenn ich im Sommer in kurzen Hosen auf eine Hütte wandere und mir Speckknödel bestelle. Das mache ich inzwischen tatsächlich. Ich habe schmerzhaft lernen müssen, dass ich hungrig nicht auf einen Berg steigen kann. Und auch nicht mehr runter ins Tal komme. Punktum. Ein Unterzucker hilft niemandem. Ich kann meinem Körper sogar dankbar sein, dass er mich immer noch auf die Berge raufbringt. Meine Gelenke sind immerhin doppelt so alt wie Anitas. Mag sein, dass ich länger brauche, um einen Gipfel zu erreichen als manch andere, aber ich komme rauf.

Ja, und dann sehen mich die Leute in den Shorts und dem engen Funktionsshirt, das meine Bauchfalten so vorteilhaft betont, und beurteilen mich. Sie sehen, wie ich Speckknödel vertilge, und ich könnte mitschreiben, was sich in ihrem Hirn abspielt: Kein Wunder, dass die so fett ist.

Dabei kann ich noch froh sein, wenigstens eine kurze Wanderhose in meiner Größe gefunden zu haben. Die Outdoorfirmen scheinen zu glauben, dass nur dünne Bohnenstangen auf Berge steigen. Taillierte Shirts bis maximal Größe 44. Wie soll ich da meinen Busen reintun? Shoppen war schon immer ein Stressfaktor für mich. Ohne Enttäuschung lief da nichts. Ich bin dankbar, dass man heute im Internet alles bestellen, zu Hause anprobieren und wieder zurückschicken kann. Ich kaufe jede Hose, die einigermaßen passt, weil ich sonst fürchten muss, gar keine zu finden. Wenn ich eine entdecke, die gut sitzt, kaufe ich mir drei davon.

Ich habe Freude am Sport. Ich bewege mich viel. Ich nehme nie den Lift, sondern laufe die Treppen. Dennoch sehe ich aus, wie ich aussehe. Ich bin eine Frau, von der die Anitas meinen, sie habe ihren Körper nicht unter Kontrolle. Um ehrlich zu sein: Niemand hat das. Auch Anita hat ihren Körper nicht im Griff. Sie denkt nur, es wäre so, weil die Natur ihr eine Figur und einen Stoffwechsel mitgegeben hat, die im Trend liegen. Sie ist schlank, hat aber Kraft. Sie ist ausdauernd und kommt mit wenigen Kalorien zurecht. Wie lang kann das gutgehen? Wir werden älter und können irgendwann nicht mehr so einfach auf unsere Reserven zurückgreifen. Ich brauche heute länger, um mich nach einer Bergtour zu regenerieren, als vor 15 Jahren. Mich zu knechten, hilft da gar nichts. Ich muss definitiv auf das Ruhebedürfnis meines Körpers Rücksicht nehmen. Gegen mich selbst zu kämpfen – was soll das für einen Sinn haben? Mein Körper ist mein Teammate. Ich habe die Aufgabe, verantwortungsbewusst und respektvoll mit ihm umzugehen und ihn so zu nehmen, wie er ist. Freude am Sport zu haben – das geht unabhängig vom Aussehen.

Weibliche Körper sind rund und kurvig. Die Künstler dieser Welt haben das verstanden. Nur wir Frauen selbst anscheinend nicht. Insofern war ich stets eine Enttäuschung für meine ehrgeizigen Eltern. Sie sind beide diese dürren Typen, die locker eine Tafel Schokolade auf einmal essen können, ohne zuzusetzen. Ihr überdrehtes Gesundheitsbewusstsein hat mich über Jahrzehnte unter Druck gesetzt. Doch jetzt nicht mehr. Ich esse eine Mehlspeise, wenn ich eine will, und ich bestelle Ochsenbackerl, wenn ich in einem urigen bayerischen Wirtshaus bin.

Aber hier, auf dieser Hütte, zusammengepfercht mit Anita und Saskia … da fange ich wieder an, gegen mich selbst zu kämpfen. Mir ist bewusst, dass ich diese Frauen wiederum selbst aburteile. Ich versuche, es nicht zu tun. Doch ihre abschätzigen Blicke befeuern die fiese innere Stimme, die sehr nach meiner Mutter klingt. Du musst ein bisschen abnehmen. Du isst jetzt nicht den Marillenknödel.

Wirklich, ich hatte mich so auf die Wanderung gefreut. Sie sollte mein persönliches Jahresend-Highlight werden. Dann finde ich mich mit einem Mal heulend im Bett wieder.

Verdammt, das wird ein richtig bescheuertes Weihnachten!

27.

Das Abendessen verlief in gedrückter Stimmung. Saskia stocherte in ihrem Essen herum, und selbst Anita verkniff sich nassforsche Bemerkungen. Rechts und links von ihr thronten wieder Günther und Tonio. Letzterer mit einer steilen Falte auf der Stirn. Dennis, der Sänger von gestern, hatte anscheinend alle Lebendigkeit eingebüßt. Er schaufelte sein Essen in sich hinein, ohne jemanden auch nur eines Blickes zu würdigen. Draußen fegte der Sturm ums Haus.

Ernst war nicht da.

Meine Siesta hatte mir gutgetan. Ich hatte tatsächlich ein paar Stunden geschlafen. Als ich aufgewacht war, hatte Lilo nicht mehr in ihrem Bett gelegen. Mir schoss der Gedanke durch den Kopf, dass sie von der klaustrophobischen Situation hier oben womöglich ebenso niedergedrückt wurde wie ich. Obwohl sie bisher mit ihrer Heiterkeit sämtliche Probleme beiseitegewischt hatte. Alles nur gespielt? Und ob das allein ihre Tränen erklärte? Nun saß sie munter am Tisch, unterhielt sich mit Günther, als habe sie es sich zum Ziel erklärt, so viele verrückte Bergführeranekdoten wie möglich aus ihm herauszukitzeln.

»Wie geht es eigentlich Franka?«, erkundigte sich Björn.

»Immer noch im Bett.« Ich zuckte die Achseln. »Sie hat es wirklich ganz schön erwischt.«

»Hoffentlich steckt sie uns nicht alle an«, jammerte Saskia. »Wir Frauen schlafen im selben Zimmer, das ist nicht ideal, Isolde.«

Die Hüttenwirtin stellte gerade eine Schüssel mit Obstsalat auf den Tisch. »Wenn es gar nicht geht, müssen wir Franka runter in die Stube verfrachten. Bin gleich wieder da.« Sie verschwand in der Küche.

»Wären wir abgefahren, hätten wir das Problem nicht«, verkündete Anita.

Tonio neben ihr richtete sich auf: »Sei nicht albern. Das hätte nie funktioniert.«

»Wie kannst du dir da so sicher sein?«, schnappte Anita. »Oder, Günther? Wenn wir uns rechtzeitig entschieden hätten, wäre es wahrscheinlich gegangen.«

Günther wiegte den Kopf. »›Wahrscheinlich‹ ist mir zu heikel.«

»Echt?« Tonios Stimme wurde eisig. »Du bist ja bekannt für deine Liebe zum Risiko. Seltsam, dass du dich plötzlich so zurückhältst.«

Günther stieg die Röte ins Gesicht.

»Spinnst du oder was?« Er versuchte ein Grinsen, doch jeder im Raum hatte gemerkt, dass diese Bemerkung nicht scherzhaft gemeint war. Ich wechselte einen Blick mit Björn.

»Soweit ich weiß, gibt es wenige Bergführer, unter deren Leitung so viele Bergunfälle passiert sind wie bei dir.« Tonio verschränkte selbstgefällig die Arme. »Ich bin seit meiner Kindheit in den Bergen unterwegs. Und ich sage ganz klar: Bei diesem Wetter abzufahren, wäre Selbstmord.«

»Beruhige dich, Tonio, wir sind ja geblieben.« Anita legte ihrem Freund die Hand auf die Schulter.

Er schüttelte sie ab. Aus den Augenwinkeln sah ich, dass Ernst den Speiseraum betrat. Niemand blickte zu ihm hin, alle verfolgten wie gebannt den Schlagabtausch der drei Sportler.

»Lass ihn, Anita«, sagte Günther gepresst.

Die gönnerhafte Art brachte Tonio erst recht zum Kochen. »Lass ihn«, äffte er Günther nach. »Entweder bist du zu ehrgeizig, Günther, oder zu unvorsichtig. Oder beides zusammen. Zwei Tote in vier Jahren sind ein bisschen viel, oder?«

Ich hörte, wie Lilo scharf Luft holte. Es war nun totenstill im Raum. Für Sekunden schienen alle Bewegungen eingefroren. Schließlich schrappte ein Stuhl über den Boden. Ernst setzte sich. Er war kalkweiß.

»Du redest echt Mist, Tonio, weißt du das?« Anita lachte im verzweifelten Versuch, die Stimmung zu retten. Niemand reagierte. Die Luft knisterte. Günther starrte auf seinen Teller. Tonio blickte triumphierend um sich. Er schien sich zu fühlen wie ein Torero, der dem Stier gerade den ersten Speer in den Leib gerammt hatte.

»Zwei Tote in vier Jahren?«, fragte ich. »Wie soll man das verstehen?«

»Das ist Unsinn!« Isolde kam wieder herein. »Unfälle können in den Bergen immer passieren.«

»Der Bergführer hat die Verantwortung«, beharrte Tonio. »Es muss abgesprochen werden, welches Risiko man eingehen will und welches nicht. Dabei bleibt es dann. Und jeder muss die Chance haben, bei einer Challenge zu verweigern, wenn er sich ihr nicht gewachsen fühlt.«

»Meiner Erfahrung nach handelt Günther genau so«, gab Isolde zurück. »Kommt mal alle wieder auf den Teppich. Wenn ihr solche erfahrenen Bergfexe seid, wie ihr behauptet, solltet ihr wissen, dass man mit überraschenden Situationen fertig werden muss. Zum Beispiel damit, dass Pläne nicht aufgehen und man das ursprünglich geplante Ziel nicht erreicht. Alles halb so wild.«

»Ernst scheint anderer Meinung zu sein. Was das Risiko angeht.« Tonio blickte lauernd von Günther zu Ernst.

Alle Gesichter wandten sich Ernst zu. In diesem Moment verlosch das Licht. Schlagartig war es im Speiseraum so dunkel wie in einem Tintenfass.

28.

Alle verstummten. Dann erklang Isoldes tiefe Stimme: »Laura? Bring bitte ein paar Kerzen!«

Ein Stuhl wurde zurückgeschoben. Teller klapperten. Schlagartig begannen alle gleichzeitig zu sprechen.

»Kinder, jetzt bleibt ruhig, so ein Stromausfall ist nicht ungewöhnlich bei dem Wetter«, rief Isolde.

»Nee«, unkte Bastian. »Wir stellen uns jetzt einfach vor, wie es hier oben in einem halben Jahr ist. Heiß, sonnendurchflutet, kein Schnee, und die Solarpanels tun ihren Dienst. Positives Denken nennt man das. Oder?«

Laura kam ins Zimmer. Sie trug eine Stirnlampe. Das Licht hüpfte von einem Gesicht zum nächsten. Rasch stellte sie ein paar Kerzen auf.

»Weihnachtlich glänzet der Wald«, murmelte Björn.

»Na, seht ihr, halb so wild.« Energisch begann Isolde, die leer gegessenen Teller einzusammeln. »Die Solarpanels kannst du bei diesem Wetter sowieso vergessen. Das Dieselaggregat ist anscheinend ausgefallen. Ich sehe sofort nach. Lasst euch in der Zwischenzeit den Obstsalat schmecken, ist ein bisschen Kognak dran. Für die gute Laune.«

Sie zwinkerte Bastian zu und verschwand mit Laura in der Küche.

Günther stand schweigend auf und stapfte aus dem Zimmer. Tonio schien so erleichtert darüber, dass sich ein entspanntes Grinsen auf seinem Gesicht breitmachte. Ich sah mich um. Ernst war nicht mehr da. Sein Geschirr stand unbenutzt an seinem Platz. Einem Impuls folgend, erhob ich mich ebenfalls und ging hinaus. Schloss die Tür zum Speisezimmer und lauschte den Gang hinunter. Nichts war zu hören – außer dem Heulen des Windes draußen. Nachdenklich warf ich einen Blick in die Schuhkammer. Drückte den Lichtschalter, ehe mir wieder einfiel, warum die Stimmung eben in den Keller gesackt war. Es gab ja keinen Strom! Ich schlich die Treppe nach oben ins Schlafzimmer. Franka schlief oder stellte sich schlafend. Ich tastete nach meiner Stirnlampe, ging wieder hinaus. Unten knallte eine Tür.

Leise kehrte ich in die Schuhkammer zurück. Zählte die Stiefelpaare. Zwei fehlten. In meinem Kopf überschlugen sich die Gedanken. Was hatte das alles zu bedeuten? Von welchen Unfällen hatte Tonio geredet? Und wieso spielte Isolde sie herunter?

Ich schlüpfte in Stiefel und Anorak und glitt zur Tür hinaus. Der Wind fiel mich an. Sollte mir die Kälte ruhig unter die Kleider kriechen. Endlich war ich mal einige Minuten allein! Ich zog mir die Kapuze über den Kopf. Von allen Seiten schien mir der Wind eisige Schneeflocken ins Gesicht zu blasen. Rund um mich sah ich nichts; nur das von Kerzen erhellte Speisezimmer, in dem sich die anderen gerade die Köpfe heißredeten. Von außen wirkte die Szenerie irgendwie heimelig. Ich checkte mein Telefon. Natürlich kein Internet. Auch kein Telefonnetz. Gar nichts. Wir hätten irgendwo im Weltraum schweben können. Losgelöst von allem, was wir kannten. In einer anderen, feindlichen und sehr kalten Welt.

Ich richtete meine Stirnlampe in den Schnee vor mir. Und sah hinter dem Gewirbel von hell erleuchteten Schneeflocken zwei Spuren. Vier große Füße, die in dicken Stiefeln vor Kurzem das Haus verlassen hatten. Ernst. Und Günther. Die anderen waren ja noch im Haus. Ob die beiden Bergführer ins Tal unterwegs waren? Unwahrscheinlich. Es war zu dunkel. Die Nacht war längst angebrochen. Obwohl es nicht viel später als sieben Uhr sein konnte, war es völlig irrsinnig, sich jetzt auf den Weg nach unten zu machen. Ich folgte den Spuren ums Haus. Kaum trat ich um die Hausecke, sank ich beinahe bis zu den Knien ein. Jeder Schritt wurde mühsam, und dennoch genoss ich den kleinen Kampf mit der Natur. Fast als hätte ich nur darauf gewartet, meine Kraft zu erproben.

Von wegen Couchkartoffel, dachte ich amüsiert. Vielleicht steckte doch ein Wildtier in mir.

Die Hütte lag nun rechts. Stockfinster. Das warme Kerzenlicht aus dem Speisezimmer reichte nicht bis hierher. Ich ahnte die Ausmaße des Hauses mehr, als ich sie sah. Sich in diesem Wetter auch nur ein paar Meter von einem schützenden Gebäude zu entfernen, grenzte an Vermessenheit. Ich befand mich keine zehn Minuten hier draußen, und schon begann ich zu frieren. Plötzlich schlug mir ein Zweig ins Gesicht. Vor Schreck rutschte ich aus und fiel in den Schnee. Schüttelte meinen Kopf, um mich zu sammeln.

»Was war das denn jetzt«, murmelte ich. Ich richtete mich auf. Schnupperte.

Jemand rauchte. Ganz in der Nähe.

Isolde?

Würde ich den Rauch einer Zigarette in Kälte und Wind überhaupt wahrnehmen können?

Meine Nase sagte: Da raucht einer. Ziemlich nah.

Ich schaltete meine Stirnlampe aus. Hatte das Gefühl, dass mich jemand beobachtete. Insofern schadete es nicht, wenn ich in einer Schneewehe abtauchte. Vielleicht machte ich mich auch nur verrückt. Nachdem ich die vergangenen 24 Stunden selbst einige Gespräche belauscht hatte, die nicht für meine Ohren bestimmt waren – sollte ich es anderen verdenken, wenn sie mich unter Beobachtung hatten?

Ob Ernst rauchte? Oder Günther?

Wo befand sich eigentlich das Dieselaggregat, das unseren Strom erzeugte? Und würde Isolde gleich losgehen und es reparieren? Konnte sie das überhaupt?

Ich rappelte mich auf, prägte mir die Lage der Hütte ein. Während ich den Schnee von meinen Sachen klopfte, hörte ich plötzlich jemanden laut aufschreien. Ich schloss die Augen. Wandte mich dann in die Richtung, aus der das Geräusch gekommen war, und tastete mich durch die Dunkelheit voran. Nach wenigen Metern sah ich eine Stirnlampe aufleuchten. Sie zappelte hin und her, es sah aus wie ein drolliger Tanz. Ab und zu flackerte ein Lichtschein in meine Richtung. Wortfetzen wirbelten durch die Nacht. Was gesagt wurde, war im Sturm nicht zu verstehen. Unversehens verlosch die Lampe. Der Wind jaulte auf. Abgehackte Geräusche drangen zu mir durch. Es dauerte eine Weile, bis ich es überriss:

Zwei Männer fochten wenige Meter entfernt einen handfesten Streit aus. Einen Streit, in dem Fäuste flogen.

29.

Der Sturm fegte mich zurück ins Haus. Mit aller Kraft drückte ich die Eingangstür zu. Stöhnend zog ich die Kapuze ab und fuhr mir übers Gesicht. Riss die Stirnlampe herunter. Meine Hosen waren völlig durchnässt. Auch die Stiefel fühlten sich nicht besser an. Ich kickte sie weg, schob sie in die Schuhkammer. Es war still in der Hütte, nur aus der Küche hörte ich leises Geschirrklappern. Probehalber drückte ich den Lichtschalter. Nichts. Ich blieb einen Moment im Dunkeln stehen. Lauschte auf den Sound des Sturms. Schlüpfte aus dem Anorak.

Ich hatte wenig Hoffnung, dass wir morgen hier wegkämen. Uns blieb nichts anderes übrig, als abzuwarten, dass das Wetter sich besserte. Oder wenigstens das WLAN wieder lief.

»Kea?«, raunte eine Stimme an meinem Ohr.

Ich fuhr zusammen.

Eine Hand griff nach meiner.

»Ich bin es, Lilo. Ich wollte dich nicht erschrecken.«

Ich riss mich los, knipste die Stirnlampe an. Lilo musste die ganze Zeit in der Schuhkammer gesessen haben. »Was machst du hier im Dunkeln?«

Sie lachte auf. »Dunkel ist es überall. Außer im Speiseraum. Bastian, Anita, Saskia und Dennis spielen Mensch ärgere dich nicht. Bei Kerzenschein.«

Ich lauschte. »Man hört nichts.«

»Ausnahmsweise mal kein Streit. Liegt vielleicht an der Flasche Kognak, die Isolde auf den Tisch gestellt hat. Aber die anderen sind alle weg.«

»Wie – die anderen sind alle weg?«

»Kaum bist du rausgegangen, haben sich auch Tonio und Björn vom Acker gemacht.«

Ich schloss die Tür. »Jetzt mal Klartext. Was ist hier eigentlich los?«

»Weißt du doch. Das Licht ging aus. Als Laura mit den Kerzen kam, war Ernst nicht mehr da. Günther ging raus. Du hinterher. Kurz darauf Tonio und Björn.«

Ich zählte die Schuhe.

»Björns Stiefel haben gelbe Schnürsenkel.« Lilo rieb sich die Hände, als wäre ihr kalt.

Keine Schuhe mit gelben Schnürsenkeln. »Du bist eine gute Beobachterin.«

»Ist dir das nicht aufgefallen?«

Ich ließ den Schein der Lampe über die Kleidung an den Haken gleiten. Björns schwarze Skijacke fehlte. Rasch rekapitulierte ich: »Als ich rausgegangen bin, habe ich zwei Leute gesehen. Leider konnte ich nicht erkennen, wer es war, aber ich nehme an, Günther und Ernst.«

»Kennen sich die beiden eigentlich?«

»Offensichtlich schon länger.« Ich rief mir das Gespräch in Erinnerung, dass ich gestern nach Ankunft in der Ahornsteighütte belauscht hatte. »Freunde scheinen sie nicht zu sein.«

»Und was hältst du von Björn?« Lilo sah mich erwartungsvoll an.

Ich wiegte den Kopf. »Er ist belesen. Nervös. Hat einen scharfen Verstand. Ein Intellektueller. Ansonsten rückt er nicht so recht mit der Sprache raus.«

»Wenn du mich fragst: Tonio wollte Günther eine Abreibung verpassen. Wie der sich an Anita ranmacht …«

»Oder Anita an ihn«, unterbrach ich.

»Du hast recht, es gehören immer zwei dazu. Nur: Tonio wirkte richtig grimmig, als er aus dem Speisezimmer abgehauen ist.«

»Sind Tonio und Björn gleichzeitig raus? Und raucht einer von denen?«

»Tonio bestimmt nicht. Als überzeugter Sportler.«

Blieb Björn. Ernst und Günther – wenn sie es denn waren, die ich beim Streiten beobachtet hatte – waren zu weit weg gewesen, als dass ich bei der momentanen Windstärke ihren Zigarettenrauch hätte riechen können. Und mal ehrlich: Auch sie waren eingefleischte Sportler und mit Sicherheit Nichtraucher. Außerdem … mir fiel wieder ein, dass ich das Gefühl gehabt hatte, jemand behielte mich sehr genau im Auge.

»Raucht Björn?«, fragte ich so unbeteiligt wie möglich. Ich wollte Lilo nicht beunruhigen, indem ich ihr von meinen Sorgen erzählte. Irgendwas stimmte hier nicht.

Günther und Ernst kannten einander. Ebenso Günther und Tonio. Tonio war stinksauer auf Günther. Doch ich war Ernst und Günther gefolgt. Tonio war noch im Speisezimmer gewesen, als ich rausgegangen war. Erneut ließ ich den Schein meiner Lampe über die Schuhe gleiten. Björns dicke Stiefel waren, als ich mich aufgemacht hatte, definitiv noch hier gestanden. Ich war kurz nach oben gelaufen, um meine Lampe zu holen. Konnten Björn und Tonio vor mir nach draußen … nein. Wegen der Schuhe.

Jetzt allerdings waren sie weg. »Kümmern Björn und Tonio sich vielleicht um das Dieselaggregat?«, fragte ich leise.

»Weiß nicht.«

Ich schaltete die Lampe aus. Lilo gab ein erschrockenes Keuchen von sich.

»Ich spare lieber ein bisschen Energie. Wer weiß, wann der Strom wiederkommt.«

22.12.2024, SONNTAG

30.

Ich lag lange wach. Irgendwann stolperten Anita und Saskia herein. Ihre Lampen irrlichterten über die Wände, bis die beiden in ihre Schlafsäcke krochen und das Licht verlosch. Weder Franka noch Lilo rührten sich. Ich hätte wetten können, dass auch sie sich nur schlafend stellten.

Mir ging durch den Kopf, wie Isolde Günther verteidigt hatte. Sie hatte ihn als verantwortungsbewussten Bergführer beschrieben. Dabei kannte sie ihn angeblich kaum. Es hatte geklungen, als wäre es ihr wichtig, Günther von Tonios Vorwürfen reinzuwaschen. Zwei Tote in vier Jahren … Ich sah Ernsts Gesicht vor mir. Wachsweiß.

Wenn Tonio von diesen Todesfällen unter Günthers Ägide wusste, konnte ich annehmen, dass alle Insider des Bergsports über die im Hintergrund schwelenden Vorhaltungen im Bild waren. Solche Dinge sprachen sich in Windeseile herum. War Günther schuld am Tod von zwei Menschen, weil er zu sehr auf Risiko gegangen war? Oder dies von anderen verlangt hatte?

Ich drehte mich auf die andere Seite. Lauschte dem Sturm, der ums Haus fegte, mehr Schnee brachte. Wenn das so weiterging, würden wir morgen direkt aus dem Schlafraumfenster nach draußen klettern können …

Ich wachte von einem lauten Geräusch auf. Lauschend blieb ich liegen. Mein Herz schlug heftig. Ich wälzte mich herum. Womöglich hatte ich nur geträumt. Im Schlafraum war es still. Niemand rührte sich. Franka schnarchte leise. Ich blinzelte in die Dunkelheit. Und dann sah ich ein Licht, nur einen schwachen Schein, durch das kleine Fenster geistern. Ich schoss hoch.

Jemand war draußen unterwegs. Es konnte gar nicht anders sein. Sofort hatte ich meine Stirnlampe umgeschnallt und das Handy in die Tasche gesteckt. Irgendwas war faul.

Sollte Isolde mitten in der Nacht draußen sein, um das Dieselaggregat wieder in Betrieb zu setzen? Warum hatte sie das nicht längst getan? Der Strom war gegen 19 Uhr ausgefallen. Hatte sie warten wollen, bis es draußen wieder hell wurde? Warum geisterte dann gerade jetzt jemand durch die Nacht?

Ich rutschte vom Bett und schlich auf den Gang. Alles finster. Alles still. Ich horchte eine Weile auf Lebenszeichen der anderen. Nichts. Alle schienen zu schlafen.

Leise huschte ich die Treppe hinunter. Schlüpfte in Anorak und Stiefel. Ich überschlug kurz die Anzahl der Schuhe. Zwölf Paar. Wir waren aber 13 Personen, wenn ich Laura und Isolde mitzählte. Mein Herz pochte heftig. Ich drückte die Klinke der Haustür. Nicht abgeschlossen. Natürlich nicht. Kaum zu erwarten, dass nachts ungebetene Gäste eintrafen. Ein seltsames Gefühl ließ mich innehalten. Ich guckte auf den Boden. Halb geschmolzener Schnee bildete eine matschige Pfütze auf dem Holzboden. Innen.

Jemand musste vor nicht allzu langer Zeit das Haus verlassen haben. Der Schnee, den der Wind hereingeblasen hatte, war noch nicht ganz geschmolzen, obwohl es im Haus warm war. Im Schein der Lampe konnte ich sogar einen halben Schuhabdruck sehen. Kurz entschlossen griff ich nach meinem Handy, fotografierte die Stelle. Anschließend zog ich Handschuhe über, öffnete die Tür und schlüpfte in die Winternacht.

Der Sturm hatte merklich nachgelassen. Als ich um die Hausecke bog, fielen mich die Böen nicht mehr so brutal an wie zuvor. Zwei Menschen waren kürzlich über die Terrasse gelaufen. Deutlich sah ich die Spuren, obwohl es immer noch schneite. Isolde und Laura? Aufmerksam folgte ich den Abdrücken durch den Schnee. Warum standen dann noch zwölf Paar Schuhe in der Schuhkammer? Wenn hier zwei Menschen unterwegs waren, befand sich dort ein Paar zu viel.

Unterhalb der Terrasse bogen die Spuren nach links ab. Also nicht in die Richtung, wo ich ein paar Stunden zuvor Ernst und Günther beim Streiten beobachtet hatte.

Ich wusste nicht mal, wonach ich genau suchte. Wer auch immer durch die Nacht streifen wollte, konnte das tun. Es ging mich nichts an. Ich könnte jetzt im warmen Schlafsack liegen, einschlafen und unsere Misere hier oben für eine gewisse Zeit vergessen. Doch etwas trieb mich weiter. Die Spuren führten um die Hütte herum. Hoffnung keimte in mir auf. Womöglich hatte Isolde beschlossen, das Aggregat in Gang zu setzen.

Wenn mich jetzt jemand beobachtete, wäre ich morgen garantiert *das* Gesprächsthema unserer erzwungenen Community: Kea spioniert nächtens der Hüttenwirtin nach. Ich zog die Kapuze fester. Letztlich konnte mir das Geschwätz egal sein. Hoffentlich würde ich, sobald diese Kurzreise vorbei war, keinen meiner Mitgefangenen je wiedersehen.

Ich sah zur Hütte. Da oben lag das Fenster des Frauenschlafraums. Jetzt erklärte sich also der Lichtschein, den ich gesehen hatte. Ich richtete den Strahl meiner Stirnlampe auf die Spuren im Schnee. Und bemerkte, was mir bisher entgangen war: Die eine Spur war schon weiter zugeschneit als die andere. Deren Profil war noch deutlich zu sehen. Ich schoss ein Foto.

Langsam stapfte ich weiter. Hinter der Hütte stieg der Hang steil an. Die Spuren führten zunächst den Hang hinauf und verliefen anschließend ein gutes Stück parallel zur Steigung. Ich befand mich nun deutlich höher als auf dem Weg, den ich mit Ernst zur Sesselbahn gegangen war. Ich blieb kurz stehen, um zu Atem zu kommen, ehe ich mich wieder in Bewegung setzte. Die Stiefelabdrücke führten an einem einsamen krummen Nadelbaum vorbei. Ein Zweig schlug mir ins Gesicht. Ich wischte den Schnee weg. Vor Aufregung spürte ich die Kälte nicht mehr. Hier oben gab es kein Dieselaggregat. Nie im Leben. Ich war inzwischen zu weit von der Ahornsteighütte entfernt. Das machte alles keinen Sinn. Wem war ich bis hierher gefolgt? Und zwar als zweite Verfolgerin – wenn es stimmte, was ich mir aufgrund der halb zugeschneiten ersten Spur zusammengereimt hatte.

Längst war ich außerstande einzuschätzen, wie lange ich durch den Schnee gestapft war. Unschlüssig stand ich eine Weile da. Drehte mich einmal um meine Achse. Talwärts war weiterhin nichts zu sehen. Keine Lichter. Einfach nur Schwärze.

Unvermittelt schoss ein Schatten an meinem Kopf vorbei. Etwas Großes glitt durch die Lüfte und wurde von der Finsternis verschluckt. Mein Herz raste. Ich begann zu zittern. Nur ein Vogel, beruhigte ich mich. Einer, der nachts jagte. Oder den ich gestört hatte.

Schlagartig war ich sicher, dass ich nicht Isolde oder Laura folgte. Nie im Leben. Da draußen befanden sich zwei andere aus unserer Runde. Doch weshalb? Ich dachte an Tonios und Günthers Diskussion ums Abfahren. An ihre unterschwelligen Hahnenkämpfe. Waren sie hierhergewandert, um im Schutz der Dunkelheit das längst fällige Duell auszufechten? In diesem Fall war ich überflüssig. Sollten sie ihr Heldenspiel aufführen – ich würde zurück zur Hütte gehen, solange ich in der Dunkelheit noch den Weg fand. Entschlossen wandte ich mich um.

Und hörte einen Schrei.

31.

ERNST, 41, Bergführer

Es ist nicht das erste Mal, dass ich ihn wiedersehe. Seitdem. Tirol ist nicht so groß. Man begegnet einander. Das lässt sich gar nicht vermeiden.

Ich habe mich vor einem Jahr auf ungeübte Gruppen spezialisiert. Arbeite hauptsächlich für Krankenkassen, um Leute nach Unfällen wieder fit zu machen. Alles, nur um Günther nicht über den Weg zu laufen. Der natürlich die Cracks unter den Bergfexen bedient.

Jetzt ist es doch passiert. Wir sitzen auf derselben Berghütte fest. Seine Selbstsicherheit kotzt mich an. Auch die Art, wie er auf Frauen wirkt. Schau dir nur Anita an! Jedes Wort ein Flirt. Denk nicht, ich würde ihn beneiden. Nein! Ich möchte nie so ein Großkotz werden. Einer, der seinem Ego alles unterordnet. Vor allem die Bedürfnisse von Menschen, die ihn bewundern und alles zu tun bereit sind, um von ihm ein Lob einzuheimsen. Auch Anne ist seinem Charme erlegen. Sie war schon immer ehrgeizig. Wollte sich sportlich permanent verbessern. Günther predigte wie ein Prophet. Eine Menge Phrasen spulte er ab. »Terminiert und spezifisch trainieren.« »Klare Ziele setzen.« »Eigene Grenzen austesten.«

Ich lebe seit meiner Kindheit in und mit den Bergen, habe viele Momente erlebt, ich denen ich eingestehen musste, dass es hier nicht mehr weitergeht. Selbst für einen wie mich. Der geübt ist und die passende Ausbildung hat. Wenn ein Klettersteig zu schwierig ist oder ein Abstieg zu gefährlich, kann das am Wetter liegen, so wie jetzt. Oder an deiner körperlichen Verfassung. Mag sein, dass auch gerade dieser Tag einfach ein schlechter Tag ist. Eine Tour, die letzte Woche keine große Schwierigkeit darstellte, kann dir heute zu viel abverlangen.

Ich muss dir sagen: Dieses Getue um das »an die Grenzen gehen«, das turnt mich nur noch ab. Ich selbst bin oft an meine Grenzen gestoßen, und ich habe sie respektiert anstatt sie zu verschieben. Weiß gar nicht, wie das funktionieren soll. Wenn du eine Wand raufklettern sollst, aber Angst hast, ist es das Beste, du bleibst unten. Angst ist ein Thema am Berg. Hier lehren dich die Berge wirklich das Leben. Bei Angst: stehen bleiben. Überprüfen, wie die Situation ist. Was du tun musst, um weiterzugehen. Ob du überhaupt bereit und fähig dazu bist. Wenn nicht, hat es noch niemandem geschadet, umzukehren. Das ist meine Meinung.

Dieser Guru der Fitness allerdings wird dir eine andere Auffassung in die Feder diktieren, derzufolge du keinesfalls umkehren darfst. Weil du die Herausforderung brauchst, um zu wachsen. Also überwinde deine Angst und klettere die Wand hoch.

Theoretisch klingt das großartig. Da ist jemand, der für seine Leidenschaft brennt. Positives Denken, das Leben unter Kontrolle bringen, mitsamt deiner Psyche, deinem Körper, alles planbar, alles formbar. Ha! Nichts kannst du planen. Und dich selbst formen nur sehr bedingt. Klar, geh ins Fitnessstudio, baue Muskulatur auf und trainiere deine Kondition. Wird in den Bergen alles hilfreich sein. Doch diese Dinge sind nicht entscheidend. Am Berg spielt noch jemand mit. Nenn es Schicksal oder Gott. Oder auch nur irgendeine Verschiebung in deinem Kopf, die aus Mut Angst macht.

32.

Das Herz schlug mir buchstäblich bis zum Hals, als ich in die Richtung lief, aus der ich den Schrei gehört hatte. Trotz der Steigung rannte ich fast. War das ein Mensch gewesen? Jemand, der in Panik um Hilfe rief? Oder nur ein Tier, der große Vogel vielleicht? Heftiges Seitenstechen zwang mich, tiefer und langsamer zu atmen. Es kam mir vor, als hätte ich die richtige Richtung verloren. Mein Gesicht brannte vor Kälte. Ich holte tief Luft, um zu rufen. Hielt inne. Machte ich mich hier gerade total lächerlich? Und wenn jemand in Gefahr war, weshalb schrie er nicht noch einmal?

Ich stolperte weiter durch die Finsternis, immer den Spuren folgend. Die Stirnlampe anzuschalten, wagte ich nicht. Eine innere Stimme raunte mir zu, mich besser nicht zu erkennen zu geben. Ich verstand die Situation überhaupt nicht. Zwei Menschen aus der Ahornsteighütte waren vor Kurzem losgezogen, einer ein wenig später als der andere, um den Hang hinter der Hütte hochzusteigen und dann – was zu tun?

Nichts war zu hören oder zu sehen. Behutsam stapfte ich weiter, jeder Schritt ein Tritt ins Unbekannte. Um mich herum nur Schwärze. Ich starrte auf den Boden. Ein Paar Fußabdrücke führten geradeaus weiter. Und eines nach links. Das war die frischere Spur. Ich zögerte. Warum hätten diese beiden Unbekannten sich hier trennen sollen? Kurz entschlossen folgte ich der ersten Spur. Die Steigung wurde wieder steiler. Der Wind böiger. Plötzlich sehnte ich mich mit einer Heftigkeit in den Schutz der Berghütte, die mich völlig überforderte. Es schien, als wollte mein Körper umkehren, während mein Kopf dagegenhielt. Während ich noch darüber nachdachte, was ich hier tat, piepte mein Handy. Ich riss es aus der Tasche. Ich hatte ein Netz! Nur einen Strich, aber hier oben gab es ein Signal! Kurz dachte ich an Nero. Jetzt würde ich wirklich gern seine Stimme hören. Die Rückversicherung, dass es uns beide gab. Ein Paar, das nicht ohne Schwierigkeiten war und dennoch auf das Gute im Leben vertraute. Meistens zumindest. Während ich noch da stand, verschwand der Strich. Kein Signal mehr.

Das gibt's doch nicht! Wütend kickte ich in den Schnee vor mir. Steckte das Handy weg und ging weiter. Ich würde mir ein paar Minuten geben, um herauszufinden, was hier los war, und dann umkehren. Was machte ich hier? Hatte mich das Eingeschlossensein dermaßen niedergedrückt, dass ich jetzt froh um jedes noch so banale Ereignis war, das mich aus dem Haus lockte?

Von links führte die zweite Spur wieder zurück. Nun war der ganze Schnee zertrampelt. Die beiden Nachtwandler waren sich anscheinend genau an dieser Stelle begegnet. Unmöglich, genauer zu erkennen, was hier los gewesen war. Ich lauschte in die Nacht. Nichts.

Ich ging weiter. Nahm die Stirnlampe in die Faust, schaltete sie an und ließ nur einen schmalen Lichtstrahl zwischen meinen Fingern hindurch auf die Spuren fallen. Dunkle Punkte befanden sich darin. Ich beugte mich hinunter.

Blut. Tropfen von Blut. Rot, dunkel im Schnee.

Mein Herz raste. Die Lampe ausgeschaltet, stürmte ich den Hang hinauf. Offenbar hatte ich einen Grat erreicht, denn unter mir schien der Boden plötzlich nachzugeben, und ich rutschte aus. Hier ging es wieder abwärts, sehr steil. Ein paar Meter weiter erkannte ich etwas im Schnee. Vielleicht war das ein Felsen. Ich rappelte mich auf und ging langsam weiter, um nicht wieder hinzufallen. Wer sich hier nicht mehr halten konnte, würde in rasantem Tempo abwärts schlittern.

Ich erreichte das Dunkle und starrte mit angehaltenem Atem darauf. Schaltete schließlich die Lampe ein. Ein Mensch. Skibekleidung, Kapuze, Handschuhe. Nur das Gesicht war frei dem Himmel zugewandt und schneite bereits zu. Keuchend beugte ich mich hinunter. Noch bevor mir der Schock die Glieder lähmte, erkannte ich aus den Augenwinkeln etwas anderes, Merkwürdiges. Skispuren. Frische. Ganz deutlich. Jemand musste genau hier Skier angeschnallt haben und abgefahren sein. Ich schluckte, schaltete die Lampe heller. Sofort sah ich das Blut. Der ganze Schnee war voll davon.

Ich leuchtete dem Menschen vor mir ins Gesicht. Strich den Schnee beiseite.

Ernst.

Er hatte die Augen aufgerissen und starrte in die Nacht.

33.

Ich rannte durch den Schnee. Schneller, als ich es je für möglich gehalten hätte. Ab und zu schlug ich beinahe hin, verpasste die Stelle, die zur Hütte führte. Pflügte ein Stück zurück, orientierte mich an meinen Spuren, die von Minute zu Minute weiter zuschneiten. In meinem Kopf hämmerte etwas. Irgendein überirdischer Schmerz, als prasselte immer wieder neu die Information auf meinen Schädel: Ernst ist tot. Ermordet. Und der Mörder ist mit Skiern ins Tal abgefahren. In der Dunkelheit.

Konnte das möglich sein? Wer war Ernst gefolgt, in die Nacht hinaus, und warum? Wieso war Ernst überhaupt mitten in der Nacht aufgebrochen? Ich hatte jedes Zeitgefühl verloren. Hatte keinen Schimmer, wie lange ich selbst durch die Dunkelheit gelaufen war. Und wie lange ich neben Ernsts Leichnam gestanden hatte.

Unter mir sah ich Lichter. Kurz flammte die Hoffnung auf, der Strom könnte zurück sein, doch ich bemerkte schnell, dass jemand eine Sturmlampe schwenkte.

»Kea?«, hörte ich eine Stimme rufen.

»Ja, ich bin es!«, schrie ich, unversehens von Erleichterung durchflutet, dass da jemand war, ein lebendiger Mensch, der offensichtlich bemerkt hatte, dass ich fehlte. Im Sturmschritt nahm ich die letzten Meter bis zur Hütte. Auf der Terrasse stand Lilo, eine Lampe in der Hand. Neben ihr Isolde.

»Meine Güte! Wo hast du denn gesteckt? Wir haben uns Sorgen gemacht!«, legte Lilo los.

Ich versuchte, zu Atem zu kommen. »Da oben …«

»Ich habe mitbekommen, wie du aus unserem Schlafraum getappt bist, und als du nicht zurückkamst, habe ich Isolde geweckt.« Lilo schnappte nach Luft. »Deine Stiefel waren weg, wir haben die Spuren im Schnee gesehen …«

Ich packte Lilo am Arm. »Ernst ist tot!«

»Was?«, entfuhr es beiden Frauen.

»Seine Leiche liegt dort oben am Grat!«

»Um Gottes willen!« Lilo griff sich an den Hals.

»Kein Zweifel. Da war kein Puls mehr. Nichts.«

Isolde stand nur stocksteif da.

»Lasst uns reingehen.« Mit einem Mal merkte ich, wie durchgefroren ich war. Ich drängte mich an den beiden vorbei ins Haus. Lehnte mich an die Wand. »Was ist mit dem Strom?«, fragte ich.

»Das Dieselaggregat läuft wieder.« Isolde sah mich konzentriert an. »Kea, bist du sicher? Wegen … Ernst?«

»Natürlich bin ich sicher.« Ich hielt ihr mein Handy hin. Irgendwie hatte ich die Nerven besessen, Ernst zu fotografieren.

Isolde schrie leise auf. »Wie ist das passiert?«

Ich hatte keine Ahnung von forensischer Pathologie. Von Nero hatte ich manches mitbekommen, zumindest früher, als er noch nicht ausschließlich mit Cyberkriminalität befasst gewesen war. Da mir klar war, dass der Schnee Ernsts Leiche sehr schnell zudecken würde, hatte ich einen Ast gesucht und neben den Toten in den Schnee gesteckt. Ich hatte auch ein Bild von den Skispuren im Schnee gemacht und von den Sohlenabdrücken des Verfolgers.

»Kea, das ist ja furchtbar. Ist er gestürzt? Das viele Blut!« Entsetzt starrte Lilo auf das Display meines Smartphones.

Ich schwieg immer noch. Definitiv war das kein Unfall gewesen. Die zweite Person hinter Ernst war auf und davon. Bei einem Unfall würde man helfen. Jedenfalls nicht auf Skiern ins Tal rasen. Oder wohin auch immer.

»Bist du sicher, dass er tot ist?«, flüsterte Isolde.

»Absolut.«

»Verdammt!«

»Es muss jemand von uns gewesen sein«, sagte ich.

»Von uns?« Lilo und Isolde starrten mich perplex an.

»Ich habe Spuren gesehen. Jemand ist Ernst gefolgt. Von hier aus. In einigem Abstand. Ernsts Spuren waren schon wieder fast verschneit.«

»Ich verstehe überhaupt nicht, wieso irgendjemand in dieser Nacht hätte rausgehen sollen!« Isolde stieß die Tür zum Speiseraum auf. »Kommt hier rein, wir müssen nicht die ganze Mannschaft aufwecken.« Sie drückte auf den Lichtschalter. Warm ergoss sich der Schein der Lampe über uns.

»Genau das müssen wir!«, sagte ich laut, während ich Lilo das Handy wieder abnahm. »Denn der Mörder ist mit Skiern abgefahren. Ich habe die Spuren gesehen.«

»Das heißt«, Lilo schluckte, »das heißt – Kea, das kann echt nicht wahr sein!«

»Doch. Das heißt: Die Person aus unserem Kreis, die jetzt fehlt, ist der Mörder.«

»Mit Skiern abgefahren? In dem Wetter? Bei Dunkelheit?« Isolde schüttelte nur den Kopf.

»Es sind extrem sportliche Leute hier«, gab ich zurück. »Günther, Tonio, Anita … die wären dazu imstande.«

Isolde verschränkte die Arme. »Ich werde nicht zulassen, dass du hier die Leute verrückt machst. Was für ein Schwachsinn. Wahrscheinlich ist Ernst gestürzt, hat sich an einem Stein den Kopf angeschlagen.«

»Da war kein Stein. Der Schnee liegt meterhoch.« Ich schlüpfte aus meinen Stiefeln. »Wo ist Lauras Zimmer?«

»Neben der Stube.«

Ich hastete den kurzen Gang entlang und öffnete vorsichtig Lauras Tür. Leuchtete in die winzige Kammer. Gerade ein Bett und eine Kommode hatten darin Platz. Ein Stuhl diente als Nachtkästchen. Am hinteren Ende hing ein dicker Webteppich an der Wand.

Laura lag zusammengerollt wie ein Embryo da.

Behutsam schloss ich die Tür und lief die Treppe hinauf. Riss die Tür zum Schlafraum der Frauen auf. Leuchtete hinein. Franka schlief. Auch Saskia und Anita lagen in ihren Betten.

»Die Mädels sind nicht ausgerückt«, flüsterte Lilo, die mir nachgekommen war. »Alle lagen in ihren Schlafsäcken, als ich aufgestanden bin, um zu sehen, wo du abgeblieben bist.«

Ich runzelte die Stirn. »Okay. Dann checken wir jetzt bei den Männern.«

Isolde stand auf dem Gang, die Hände in die Hüften gestützt. »Ihr spinnt ja!«

Jählings überfielen mich selbst Zweifel. Ich dachte an den Streit zwischen Günther und Ernst, den ich vor ein paar Stunden mitbekommen hatte. Wobei – ich hatte nur die Atmosphäre eines Streits aufgefangen, nicht verstehen können, worum es ging. Sollte es eine so schlimme Sache gewesen sein, dass die beiden …

»Tonio«, murmelte ich.

»Was?« Isolde lachte auf. »Tonio hat Ernst umgebracht?«

Ich stürzte zum Schlafraum der Männer, stieß die Tür auf. Miefiger Gestank schwappte über mich hinweg. Ich leuchtete mit der Stirnlampe. Dennis schlief in einem Bett gleich neben der Tür, sein blondes Haar war alles, was aus dem Schlafsack heraussah. Bastian befand sich im Etagenbett daneben, er schnarchte. Über ihm Björn. Und im Bett gegenüber Tonio, der sich unruhig hin und her warf.

Ich trat zurück auf den Gang.

»Günther fehlt.«

Isolde und Lilo starrten mich an. Lilo entgeistert, Isolde wütend.

»Das kann nur bedeuten«, begann ich, »dass …«

»Vergiss es!«, blaffte Isolde mich an. »Günther liegt unten in meinem Schlafzimmer.«

34.

Wir hockten im Speiseraum. Günther, Isolde, Lilo und ich. Starrten einander an, als wären wir uns zufällig auf einem fremden Planeten begegnet. Ich hatte noch einmal alle Stiefel und Skier gezählt und inspiziert. Nicht ein Ausrüstungsgegenstand sah so aus, als wäre er soeben mit dem Winterwetter draußen konfrontiert gewesen. Außer meinen Sachen.

»Das ist eine furchtbare Sache«, brachte Günther heraus, als ich noch einmal kurz zusammengefasst hatte, was ich da draußen gesehen hatte. »Und du hast das alles auf deinem Handy?«

Ich überging die Frage. »Isolde, du hast mir gegenüber behauptet, dass du Ernst und Günther kaum kennst. Und jetzt seid ihr miteinander im Bett?«

Isolde und Günther wechselten Blicke.

»Ich meine, du hättest es einfach sagen können, dass du mit Günther sogar sehr gut bekannt bist.«

»Eine alte Liebe ist wieder aufgeflammt.« Günther versuchte ein charmantes Grinsen, das ihm nicht recht gelang.

»Dann schätze ich, Isolde, dass auch Ernst für dich kein Fremder ist, wie du behauptet hast.«

»Wie kommst du drauf?«, schoss Isolde zurück.

»Weil Günther und Ernst einander kennen.«

»Wie man sich eben kennt unter Kollegen.« Günther hob die Schultern. »Das hier ist Tirol. Nicht New York.«

»Nein, das glaube ich dir nicht.« Ich sah ihn direkt an, bemerkte seine Verunsicherung, als er den Blick abwandte. »Ihr beiden, du und Ernst, ihr habt gestern Abend gestritten. Worum ging es da?«

Günther lachte überheblich. »Da musst du was verwechselt haben. Tonio hat Probleme mit mir.«

»Aber Tonio ist nicht tot. Und du hast nicht mit Tonio ein paar Meter weg von der Hütte eine hitzige Debatte ausgefochten.«

Günther schwieg.

»Und du, Isolde, warst auch draußen. Hast eine geraucht.«

Sie zuckte die Schultern. »Kann sein.«

»Seit wann kennt ihr euch?« Ich verschränkte die Arme.

Isolde richtete ihren Zopf. »Wir waren mal zusammen. Das ist mehr als zehn Jahre her.«

»Zwölf«, warf Günther ein.

»Und plötzlich habt ihr die Sympathie zwischen euch neu gespürt?« Mir ging nicht in den Kopf, warum Isolde mich angelogen hatte. Warum war sie, als wir am Abend nach unserer Ankunft auf der Terrasse eine geraucht hatten, nicht einfach mit der Wahrheit herausgerückt, dass sie und Günther vor langer Zeit ein Paar gewesen waren?

Beide schienen dazu nicht Stellung beziehen zu wollen. Sie schwiegen, Isolde sah Günther an, doch der starrte auf die Tischplatte. Lilo scharrte unruhig mit den Füßen. Fieberhaft überlegte ich, wie Nero nun vorgehen würde. Wenn Günther Ernsts Mörder war, dann konnte er auf Skiern hinunter zur Hütte geflitzt sein, die Skier irgendwo abgestellt haben und ins Haus geschlüpft sein, wo er sich bei Isolde im Bett verkrochen hatte. Oder er hatte ihr Schäferstündchen kurz unterbrochen, um Ernst zu folgen. In dem Fall musste Isolde das mitbekommen haben.

»Warum bist du Ernst gefolgt?«, fragte ich geradeheraus.

»Ich bin überhaupt nicht draußen gewesen!«, fuhr Günther mich an. »Schlag dir das aus dem Kopf. Ich war die ganze Nacht bei Isolde.«

»Bastian, Dennis, Anita und Saskia haben hier gesessen und Mensch ärgere dich nicht gespielt«, sagte Isolde. »Laura und ich haben aufgeräumt, du bist irgendwann raus, Tonio und Björn kurz danach. Anschließend Lilo.«

Lilo nickte wichtigtuerisch.

»Ich bin raus zum Dieselaggregat. Es war nur ein kleines Problem mit der Notabschaltung. Hab es in Ordnung gebracht und bin danach in mein Zimmer, Günther war schon dort. Der Rest ist intim.« Isolde warf ihren Zopf nach hinten.

Ich beschloss, das Thema zu wechseln.

»Du machst vielen Frauen den Hof, oder, Günther?«

»Wenn mir eine gefällt …«

»Bei Tisch hast du dich noch an Anita rangemacht.« Ich sprach den Satz genüsslich aus und freute mich beinahe, als ich sah, wie Isoldes Blick sich verfinsterte.

»Entschuldige, Kea, das hast du falsch verstanden. Anita hat sich an mich rangemacht.«

Punkt für ihn.

»Kannst du mir mal deine Schuhe zeigen? Deine Skistiefel? Und deine Skier?«

»Wenn's weiter nichts ist …«

Er stand auf, schritt zur Schuhkammer hinüber. »Siehst du? Das sind meine Skistiefel, und meine Skier sind die langen blauen da hinten.«

Ich sah genau hin. Die Schuhe waren trocken. Die Skier auch. Er konnte damit in den letzten Stunden nicht durch den Schnee gewandert sein. Es sei denn, er hatte sie mit einem Handtuch sehr sorgfältig abgetrocknet und auch die Tropfspuren beseitigt.

»Haben wir's dann?«, fragte Isolde.

»Wir müssen die Polizei informieren. Ernsts Leiche liegt da oben.« Ich drehte mich zu Isolde um. Die zuckte zusammen. Es schien, als habe sie den toten Ernst bereits vergessen.

»Gibt es wirklich keine Möglichkeit, irgendwie mit der Außenwelt in Kontakt zu treten, Isolde?«, fragte Lilo.

»Nein, gibt es nicht.« Isolde zögerte. »Wir werden warten müssen, bis die Telefonverbindung wieder steht. Oder bis jemand abfahren kann.«

»Lasst uns noch ein paar Stunden schlafen.« Günther fuhr sich durchs Haar. »Morgen besprechen wir, wie es weitergeht.«

Ich nickte. Mit Lilo im Schlepptau war ich bereits die halbe Treppe hochgestiegen, als ich mich umwandte: »Günther, was meinte Tonio eigentlich, als er dir vorwarf, dass du in den vergangenen vier Jahren zwei Todesfälle zu verantworten hattest?«

35.

LAURA, 23, Hüttenmitarbeiterin

Du fragst dich vielleicht, was ich hier eigentlich mache. Auf der Ahornsteighütte. Unter Isoldes Fuchtel. Den halben Winter ab vom Schuss, jeden Tag neue Gäste. Außer jetzt. (Lacht.) Und im Sommer wieder das Gleiche. Eine Tortur. Manchmal wüscht man sich schlechtes Wetter. Tatsache. Jeder Regentag reduziert die Arbeit enorm.

Trotzdem fühle ich mich wohl hier oben. Ich liebe eben die Berge. Bin in Tirol geboren und aufgewachsen.

Schon als Kind hat mich nichts im Tal gehalten. Wenn ich mit meinem Vater und meinem Bruder wandern war, habe ich immer geweint, wenn's wieder nach unten ging. Nach Hause. Mein wahres Zuhause war für mich oben auf einer Alm, einem Gipfel, einer Hütte. Das einfache Leben macht mir auch heute nichts aus. Genauso wenig wie die Abgeschiedenheit, die euch alle so aus der Bahn wirft. Ich bin ganz froh, wenn ich meine Ruhe habe. Natürlich will ich irgendwann mal wieder ins Kino oder in ein Café. Bloß: Wenn ich solche Vergnügungen eine Weile nicht habe, stört es mich nicht.

Meine Eltern fanden, ich müsste mehr unter andere Kinder. Mein Bruder ist um einiges älter als ich, der war kein Spielkamerad und sportlich viel zu gut, um sich mit mir abzugeben. Deswegen meldeten sie mich im Sportverein an. Das war toll. Ich messe mich gern mit anderen. Schaue, wo ich stehe. Als Kinder haben wir kleine Wettkämpfe gemacht. Sind einen Hügel voll Schuss runtergesaust oder mit Schneeschuhen eine vormarkierte Route entlang geflitzt. Es gab Medaillen und Urkunden. Ich war meistens vorn dabei. Nicht immer die Erste, aber mindestens die Dritte.

Als ich zwölf wurde, kam ich in eine andere Gruppe. Zu den Jugendlichen eben. Dort musste ich mich wirklich ins Zeug legen, um mitzuhalten. Was sonst wie von selbst funktionierte – abfahren, gewinnen –, brauchte jetzt Vorbereitung. Planung. Training. Ich mochte das. Mein Trainer sah Potenzial in mir. Stück für Stück wurde eine gute Sportlerin aus mir. Slalom und Abfahrt im Winter, Klettern im Sommer. Jedes Jahr erreichte ich ein Ziel. Bewältigte einen neuen Schwierigkeitsgrad. Gewann einen Wettkampf. Durfte beim Training in einer besseren Gruppe mitmachen. Im Prinzip war ich meistens die Jüngste. Ein Jahr vor dem Abi, mit 17, beschloss ich, Sport zu studieren.

Der Unfall kurz darauf hat mich völlig aus der Bahn geworfen. Ich erinnere mich bis heute nicht genau, was eigentlich passiert ist. Wenn ich mich anstrenge, sehe ich vor mir sehr viel Schnee und etwas Dunkles, das auf mich zurauscht.

Ich kann niemandem die Schuld geben. Es war ein Fahrfehler. Sagte mein Trainer. Er hat mir alles ganz genau erläutert, die Videos von meinem Sturz analysiert. Da lag ich in der Klinik und glaubte noch daran, dass ich wieder fit werden würde. Doch das Bein wollte nicht so. Zu viele Brüche, zu viele verletzte Muskeln, zerfetzte Sehnen. Einfach eine nie endende Baustelle. Mein damaliger Freund hat, kaum war ich wieder daheim, mit mir Schluss gemacht. Das war hart. Wenn auch nicht so schlimm wie die Schmerzen in meinem Bein. Ich habe einfach hingenommen, dass er mich zurückgewiesen hat. Angeblich hätte es nichts mit meinem Unfall zu tun. Doch womit sonst? Mit Pechvögeln lässt sich einfach niemand gern ein. Das Unglück könnte ja ansteckend sein.

Zusätzlich zu Knochen und Muskeln ist in meinem Kopf was kaputtgegangen. Mir fehlt der Mut für die coolen Sachen. Der Heilungsprozess war nicht optimal, aber das Bein ist immerhin brauchbar. Ich laufe wieder Ski, ich klettere noch. Aber im Rahmen, würde ich sagen. Kein Risiko mehr. Ich mache Sport, wie andere fernsehen. Wie nebenbei. Ohne groß nachzudenken.

Statt Sport habe ich mit Journalistik angefangen. Leider ist das nichts für mich. Deshalb habe ich das Studium abgebrochen. Kurz zuvor hatte ich zufällig Isolde kennengelernt. Sie suchte Verstärkung für die Ahornsteighütte. Jetzt lebe ich meine Liebe zu den Bergen eben hier.

36.

Als Lilo und ich uns hinlegten, war es bereits nach drei. Ich starrte eine Weile auf mein Handy, ehe ich die Fotos als MMS und als Nachricht über Skype an Nero schickte. Mit einer sehr kurzen Zusammenfassung. Oben am Berg hatte ich kurz Empfang gehabt. Ich hoffte, dass vielleicht auch hier in der Hütte ab und zu ein Signal aufpoppte. Keine zehn Pferde würden mich jetzt noch einmal hinaus in die Dunkelheit bringen. Ich versuchte, mir das Gewirr an Fußabdrücken vor dem Haus in Erinnerung zu rufen. Womöglich war Ernsts Verfolger gar nicht aus der Hütte aufgebrochen? Sondern von außerhalb gekommen?

Absurd. Bei diesem Wetter war das gar nicht möglich. Alles sprach dafür, dass Ernst mit einem von uns losgegangen war. Hatte diese Person die Skier mitgeschleppt? Auf der Schulter, so wie Tonio beim Aufstieg hinauf zur Ahornsteighütte, der mir mittlerweile unendlich lange her, beinahe unwirklich vorkam? Erneut sah ich mir das Foto der Schuhabdrücke auf meinem Handy an. Ich wurde nicht schlau draus. Draußen hatte ich den Eindruck gehabt, die Fußspur gut abfotografiert zu haben. Jetzt stellte ich fest, dass das Foto verschwommen und undeutlich war. Die Nachrichten hingen immer noch in der Warteschleife. Kein Wunder. Gähnend kroch ich aus dem Bett und stöpselte das Telefon in die Steckdose. Die Nachricht »wird aufgeladen« blinkte auf.

Lilo warf sich in ihrem Bett von einer Seite auf die andere. Sie schien genauso unfähig wie ich, wieder in den Schlaf zu finden. Morgen früh mussten wir die tragische Nachricht den anderen weitergeben. Meinungen würden umherfliegen, Anschuldigungen, Unruhe und Panik hochkochen. Isoldes und Günthers gemeinsames Nachtlager ließ sich bestimmt nicht geheimhalten. Laut Lilo hatte keine der Frauen den Schlafraum verlassen. Und bei den Männern? Wäre es möglich, dass einer von ihnen Ernst getötet hatte und unbemerkt wieder ins Haus und ins Bett geschlüpft war, bevor Isolde und Lilo nach mir Ausschau gehalten hatten? Wie auch immer – sämtliche Spuren waren mittlerweile zugeschneit.

Günthers seltsamer Abgang heute Nachmittag, als wir Wahrheit oder Pflicht gespielt hatten, ging mir durch den Kopf. »Warum hast du das getan?«, hatte Ernst seinen Bergführerkollegen gefragt.

Ruckartig richtete ich mich auf.

Ich musste mit Tonio reden. Sofort. Unbedingt. Ich musste herausfinden, was er über die zwei Toten in vier Jahren wusste. Wenn ich ihn jetzt weckte, hatte ich das Überraschungsmoment auf meiner Seite. Wäre der Sonntag erst einmal angebrochen, kochten Gerüchte und Behauptungen sofort über.

So leise wie möglich kroch ich aus dem Bett. Hörte, wie Lilo sich aufsetzte.

»Ich muss mal«, murmelte ich in ihre Richtung. Schlich aus dem Zimmer. Tappte schnurstracks zum Schlafraum der Männer. Drückte die Klinke. Trat ein. Ignorierte den strengen Geruch nach männlichen Ausdünstungen. Ließ kurz die Lampe aufflammen, um mich zu orientieren. Tonio lag auf dem Rücken, ein Arm baumelte von der Matratze. Ich berührte seine Schulter.

»Tonio?«

Er schoss sofort hoch.

»Pssst«, wisperte ich. »Ich bin es, Kea, komm schnell, ich brauche deine Hilfe.«

Er rappelte sich auf, während ich bereits durch die Tür schlüpfte, und kam mir nach.

»Was ist denn los?«

Ich lauschte in die Stille der Ahornsteighütte. Drinnen war alles ruhig, nur von draußen hörte man die Windböen heulen.

»Komm mit.« Ich zog ihn am Arm in den Waschraum und knipste meine Stirnlampe an.

Er grinste mich an. Wirkte nicht wirklich entspannt dabei.

»Bin ja neugierig, was das jetzt wird.«

»Keine Sorge. Ich stehe nicht auf Jungspunde. Hör zu, du solltest etwas wissen. Etwas Wichtiges.«

Im Schein der Lampe sah ich, dass die Ringe unter seinen Augen geschwollen waren. Tonio hatte in dieser Nacht wahrscheinlich kaum geschlafen.

»Hast du irgendwas mitbekommen – so ab ein Uhr?«

»Was mitbekommen? Du sprichst in Rätseln. Kannst du nicht einfach mit der Sprache herausrücken?« Er warf einen Blick auf die Sportuhr an seinem Handgelenk. »Es ist schon halb vier. Ich würde gern noch zwei, drei Stunden pennen.«

»Ich ehrlich gesagt auch. Hör zu: Du bist Günther gestern ziemlich hart angegangen. Hast etwas gesagt von zwei Toten in vier Jahren. Was hast du damit gemeint?«

Tonio starrte mich ungläubig an. »Deswegen reißt du mich aus dem Schlaf?«

»Es ist wichtig. Und du hast nicht geschlafen. Eher so getan.«

Er schnaubte. »Leg mich nicht fest. Ob es jetzt vier Jahre waren oder sechs …«

»Ja?« Am liebsten hätte ich ihn geschüttelt, an seinem Shirt gezerrt, ihn irgendwie schneller zum Reden gebracht.

»Günther ist eine Nummer unter den Bergführern in Tirol. Der kann was. Er hat Ahnung, und er ist risikobereit. Das muss man manchmal sein, auch wenn andere finden, dass Vorsicht immer zuerst kommt. Aber im Sport musst du auch mal ein Wagnis eingehen. Denke ich. Beim Skilaufen sowieso.«

»Zwei Tote. Sind die beim Skilaufen ums Leben gekommen?«

Er rieb sich die Augen. »Eine Frau. Vor ungefähr zwei Jahren. Eine Tourenskigeherin. Eine Lawine kam runter. Die anderen aus der Gruppe konnten sich selbst aus den Schneemassen befreien. Diese Frau war tot.«

»Ging das auf Günthers Kappe? Hat er die Gruppe falsch geführt?«

»Lawinen siehst du nicht voraus. Du kannst nur das Risiko bewerten.«

»Und der andere Fall?«

»Das war eine Mountainbikerin. Der Unfall ist im Sommer passiert, gar nicht weit von hier. Gerade war ein neuer Mountainbiketrail freigegeben worden. Die Frau ist an einer gar nicht so schwierig zu fahrenden Stelle gestürzt. Hat sich das Genick gebrochen.«

»Verdammt. Wann war das?«

»Ich weiß nicht mehr so genau, vier, fünf Jahre her das Ganze.«

»Wie ist das passiert?«

Tonio zuckte die Achseln. »Ich war ja nicht dabei. Praktisch jeder in der Gegend weiß von diesen Fällen. Irgendwie haben sich die Gerüchte verbreitet.«

»Welche Gerüchte?«

»Dass Günther die Frau auf den Trail gelassen hat, obwohl sie noch nicht so weit war. Der soll viel zu schwer für sie gewesen sein.«

»Ging das vor Gericht?«

»Ich glaube nicht. Die Polizei hat damals ermittelt.

Günther konnte kein Fehlverhalten nachgewiesen werden.«

»Du persönlich: Was hältst du davon? Glaubst du das?« Ich lehnte mich an die Wand, darauf bedacht, nicht lauter zu sprechen als unbedingt notwendig, obwohl meine Ungeduld sekündlich drängender wurde.

Nachdenklich wiegte Tonio den Kopf. »Ich persönlich denke, dass man als Sportler selbst verantwortlich ist. Letzten Endes kann dir der Bergführer nicht verbieten, diesen Trail zu versuchen oder diese Tour zu gehen.«

Ich war mir nicht sicher, ob mir diese Begründung gefiel. »Die Voraussetzung ist aber, dass man erfahren genug ist, um das Risiko abschätzen zu können. Oder nicht?« Ich senkte meine Stimme noch etwas weiter. »Und ich hatte gestern den Eindruck, dass du Günther diese Geschichten zum Vorwurf machst. Irgendwie. War das nur eine Waffe, die du aus der Hosentasche geholt hast, damit du ihm eins reinwürgen kannst? Weil er sich an Anita ranschmeißt?«

Tonios Gesicht färbte sich tiefrot. Selbst im matten Licht sah das ungesund aus. Punkt für mich. Er war tief getroffen.

»Was geht dich das eigentlich an?«

»Günther ist ein Weiberheld. Deine Freundin ist in dieser Hinsicht anscheinend anfällig.«

Tonio wich vor mir zurück und stieß mit einem lauten Rumpeln gegen die Tür.

»He, sei leise!«

»Was ziehst du hier eigentlich für eine Nummer ab?«, raunzte er mich an.

»Pssst, mach nicht so einen Lärm.« Ich hielt mir den Zeigefinger vor den Mund. »Wegen Anita brauchst du dir im Übrigen keine Sorgen mehr zu machen. Günther hat die Nacht mit Isolde verbracht.«

Sprachlos glotzte Tonio mich an. »Woher weißt du das jetzt wieder?«, brachte er heraus.

»Ist dir aufgefallen, ob irgendjemand aus dem Männerschlafraum heute Nacht für eine Weile verschwunden ist?«

»Nein. Wieso?«

Mist. Also war es Ernst geglückt, ungesehen und ungehört zu verschwinden.

»Ernst.«

»Was ist mit ihm?«

»Er ist tot. Ermordet.«

Die Atmosphäre im Waschraum fror ein. Es schien mir, als würde die Erkenntnis erst jetzt in mir reifen, dass die Ereignisse dieser Nacht Realität waren. Natürlich war mir bewusst, dass ich wirklich draußen gewesen und den toten Ernst gefunden hatte. Die Spuren gesehen und später mit Isolde, Lilo und Günther gesprochen hatte. Aber es hatte sich angefühlt wie irgendetwas, das nichts mit mir zu tun hatte. Und schon gar nicht mit dem wirklichen Leben. So wie mir das Eingesperrtsein auf der Ahornsteighütte auch immer mehr wie ein konfuses Bühnenstück vorkam.

»Ermordet? Ernst? Du tickst ja nicht richtig.«

Ich fasste kurz zusammen, was ich draußen erlebt und mir an Kontext zusammengereimt hatte. »Er kann nicht einfach gestürzt sein. Da war viel zu viel Blut.

Und die Spuren beweisen, dass da noch eine andere Person war.«

Tonio überlegte eine Weile. Gerade, als ich dachte, er wäre in Apathie verfallen, fragte er: »Und du bist sicher, dass alle Skier und Stiefel unbenutzt waren?«

»Sie sahen für mich zumindest so aus. Der Täter hatte nicht viel Zeit, um die Ausrüstung trockenzureiben.« Ich tippte Tonio gegen die Brust. »Erinnerst du dich an ›Wahrheit oder Pflicht‹?«

Tonio wandte den Blick ab.

»Was hat Ernst damit gemeint, als er Günther fragte: ›Warum hast du das getan?‹«

Tonio starrte durch mich hindurch. »Du glaubst, dass es Günther war?«

»Isolde behauptet, sie waren zusammen. In ihrem Bett.«

Tonio winkte ab. »Isolde kannst du nicht trauen.«

»Wieso nicht?«

»Ich sag's mal so: Sie stand schon immer auf Günther. Der hat sich bedeckt gehalten, wann immer ich mit ihm hier auf der Ahornsteighütte war. Aber sie war scharf auf ihn. Anscheinend hat sie heute Nacht endlich Erfolg gehabt.«

37.

Das konnte nicht ich sein. Nicht die kontrollierte, strukturierte, planende Kea Laverde. Ich fand mich durch die Küche einer Berghütte streifend, Schränke und Kühltruhen öffnend. Was erwartete ich: Noch eine Leiche?

Nachdem ich Tonio im Waschraum zur Rede gestellt hatte, schien es mir unmöglich, ins Bett zurückzukehren. In mir kribbelte zu viel Energie, als dass ich mich ruhig hätte hinlegen können. Stattdessen war ich die Treppe hinuntergeschlichen. Nun glitt ich wie ein Geist durch Küche und Wirtschaftsraum. Beide waren durch eine Schiebetür miteinander verbunden. Herd und Kühlschränke befanden sich im vorderen Teil, im hinteren stapelten sich die Vorräte. Getränkekisten, Fässer, Regale voller Einmachobst, Sojaprodukte, Kekse und Energieriegel, außerdem Toilettenpapier, Küchenkrepp, Schachteln mit Waschpulver und Putzmitteln. Ich fuhr mit dem Finger an den Sachen entlang. Schnappte eine Packung Kekse, riss sie auf und aß ein paar. Wahrscheinlich hatte ich aus Hunger den Weg in die Küche genommen. Oder wollte einfach nur Dampf ablassen. Ich hatte keine Idee, wonach ich suchte. Mir war nur eines klar: Mit Günther stimmte etwas nicht. An ihm klebte ein mieses Image. Denn Tonio hatte natürlich recht mit seinem Hinweis, dass zwei Tote in Günthers Obhut eine üble Fama ergaben. Ob Günther an den Unfällen Schuld hatte oder nicht – die schrecklichen Geschichten ließen sich nicht einfach per Tastendruck löschen. Er musste damit zurechtkommen, dass andere ihn darauf ansprachen oder untereinander darüber klatschten. Dass man sich erkundigte. So wie ich bei Tonio nachgefragt hatte. War Günther einfach zu risikobereit? Obwohl er in den Tagen hier auf der Ahornsteighütte seinen draufgängerischen Tourenskigehern immer wieder hingerieben hatte, dass für ihn Sicherheit vorginge? Ich versuchte, mir die Gesprächsfetzen in Erinnerung zu rufen, doch mein Gedächtnis wollte einfach nicht kooperieren. Alles, was mir einfiel, waren seine Hinweise, dass es zu gefährlich war, bei dem miesen Wetter abzufahren.

Ich öffnete eine Schranktür und stand vor einer gewaltigen Auswahl an Packungen mit Mehl, Reis, Linsen und Kichererbsen. Dazu Nudeln aller Art, Dosen mit Mais, Bohnen und anderem Gemüse. Ich schloss die Tür wieder. Verrückt. Natürlich würde ich hier kein Ersatzpaar Skischuhe finden, geschweige denn die Skier selbst. Ich wischte mir über die Stirn. Plötzlich machte sich Müdigkeit in mir breit. Und noch etwas beschäftigte mich unterschwellig. Irgendetwas war anders als noch vor einer halben Stunde. Ich lauschte.

Der Sturm hatte nachgelassen. Keine Böen fegten mehr ums Haus. Ich atmete tief durch. Womöglich besserte sich das Wetter endlich! Allerdings würden wir alle die Hütte nicht so schnell verlassen können. Ernsts Tod musste erst der Polizei gemeldet werden. Die ganze Sache würde sehr unangenehm werden. Übermorgen war Heiligabend. Eigentlich hätte heute im Lauf des Tages unsere Tour beendet sein sollen. Wieder machte sich mein Frust bemerkbar. Doch statt wütend und überreizt fühlte ich mich im Moment einfach nur resigniert. Ernsts vom Schnee zugewehtes Gesicht kam mir in den Sinn. Ich wunderte mich, wo Schock und Trauer blieben. Es schien, als begleite mich das Geschehene dieser Nacht, ohne eine besondere Emotion auszulösen. Außer einer unterschwelligen Unruhe, die mich in die Küche getrieben hatte. Was auch immer ich hier fand oder nicht fand: Unsere Lage war beschissen, und wir würden so schnell nicht da rauskommen.

Ich nahm noch ein paar Kekse aus der Schachtel. Legte sie zurück an die Stelle, wo ich sie herhatte. Und in der Stille der mit einem Mal sturmfreien Nacht hörte ich das Knarren eines Holzbodens. Ich knipste die Stirnlampe aus. Wich in die Schatten zurück und tippte gegen die Schiebetür, die sich lautlos bis auf einen schmalen Spalt schloss. Jemand öffnete die Küchentür. Knipste das Licht an. Eine Kühlschranktür wurde geöffnet, eine Flasche geköpft. Der Kronenkorken fiel klirrend herunter. Leises Fluchen.

»Isolde?«, hörte ich Lauras Stimme vom Gang her. Ich drückte mich in eine Ecke zwischen Schrank und Regal, wohl wissend, dass man mich hier sofort finden würde, da musste nur jemand die Schiebetür öffnen und das Licht einschalten.

»Ich bin hier. In der Küche.«

»Was ist denn los?«

»Willst du auch ein Bier?«

Ich hörte erneut, wie eine Flasche entkorkt wurde.

»Kannst du nicht schlafen, Laura?«

»Tu doch nicht so.« Laura lachte. »Du und Günther, ihr habt richtig Radau gemacht.«

»So schlimm?«

»Und warum du in mein Zimmer guckst, einfach so mitten in der Nacht, würde mich schon interessieren.«

»Das war Kea.«

»Kea? War sie auf der Suche nach einem Einzelzimmer?«, gluckste Laura.

»Ernst ist tot.«

»Was?« Laura schnappte hörbar nach Luft.

»Lilo hat mich aufgescheucht. Hat bei mir geklopft wie der Teufel auf der Suche nach einer armen Seele, hast du das mitbekommen?«

»Irgendwie, so im Halbschlaf.«

Isolde schnaubte. »Von Schlaf kann man heute Nacht ja kaum sprechen. Jedenfalls hat sie behauptet, Kea wäre aus dem Schlafraum raus und aus dem Haus verschwunden. Lilo hatte richtig Angst. Dass was passiert ist, dass Kea da draußen umkommt.«

»Und was … wieso jetzt Ernst?«

»Wir sind raus, haben Lampen mitgenommen, sind einmal um die Hütte rummarschiert, haben gerufen, doch es war zu windig, niemand hätte uns gehört, also standen wir eine Weile unschlüssig auf der Terrasse rum, da kam Kea angerannt, total aufgelöst, in Panik.«

Ich machte mich noch ein bisschen kleiner in meinem Versteck. Dass ich in Panik gewesen war – geschenkt. Aber dass man es mir angesehen hatte … So viel zu meiner Überzeugung, meinen Mitmenschen immer eine gefasste Version meiner selbst zu präsentieren.

Isolde redete weiter. »Sie hat Ernst gefunden. Er liegt tot auf dem Grat in nördlicher Richtung, wenn ich ihren Beschreibungen trauen darf.«

»Hat sie sich das vielleicht nur eingebildet?«

»Sie hat Fotos auf ihrem Handy. Den toten Ernst.«

Ich hörte, wie Laura aufkeuchte.

»Um Gottes willen.«

»Sobald wir wieder Kontakt zur Außenwelt haben, brauchen wir die Polizei hier oben.«

»Wie … warum ist er tot?«

»Anscheinend hat er eine Wunde am Kopf. Der Schnee ringsum war voller dunkler Flecken. Sah aus wie Blut.«

»Ist er gestürzt?«

»Kea denkt, er wurde umgebracht. Sie will Skispuren gesehen haben, die von der Leiche wegführten.«

Die Stille war zum Bersten. Ich wagte kaum mehr zu atmen. Konnte körperlich die Anspannung der beiden Frauen im Nebenraum spüren.

»Skispuren?« Laura flüsterte nur noch.

»Hast du was mitgekriegt, Laura? Ist jemand raus? Hast du Bewegung im Haus registriert?«

»Ich bin so gegen zwei, halb drei aufgewacht. Auf dem Gang war Krach. Ein paar Leute haben geredet. Ziemlich hektisch und laut.«

»Das waren wir«, sagte Isolde. »Ich. Kea. Lilo. Günther.«

»Ein bisschen später ging meine Tür auf. Ich habe mich schlafend gestellt. War wie erstarrt. Zuerst habe ich gedacht, es ist dieser Bastian. Der hat ja gesoffen wie nicht gescheit. Und sich so ziemlich an jede von uns Frauen rangemacht.«

In Windeseile schossen hunderte Gedanken durch meinen Kopf. Konstruierten Zusammenhänge und rissen sie sogleich wieder ein. Hatte Laura sehr wohl gehört und verstanden, worüber wir sprachen? Und dadurch bereits gewusst, dass Ernst tot war? Warum sollte sie dann jetzt Isolde die Ahnungslose vorspielen?

»Isolde, der Günther …«

»Ja?«

»Ach nichts.«

»Nein, sag schon.«

»Also, ihr wart recht laut. Bloß … das brach jäh ab. Ich …«

Isolde lachte keckernd. »Hör mal, ich bin nicht mehr die Jüngste.« Sie gab sich Mühe, ihrer Stimme einen frivolen Unterton zu verleihen. Doch ich konnte die Schärfe spüren, mit der sie Laura auf Abstand halten wollte.

»Versteh mich nicht falsch, mich geht das nichts an. Obwohl …«

»Obwohl?«

»Der Günther hat dich immer nur ausgenutzt.«

Eine Flasche krachte zu Boden. Ich hörte, wie die Splitter gegen die Schiebetür spritzten. Kurz war es totenstill nebenan. Dann hörte ich Isolde im Brustton der Überzeugung sagen: »Quatsch!«

»Mach dir nichts vor.«

Jemand klapperte mit einem Kehrblech. Scherben wurden in einen Abfalleimer geworfen. Ich hörte ein tiefes Seufzen.

»Wie auch immer, Laura, ich muss noch ein Stündchen schlafen, bevor hier der Tag wieder losbricht und alle von vorne bis hinten bedient werden wollen.« Isolde gähnte vernehmlich. »Bis später. Leg dich auch noch mal hin.«

Die Tür zum Gang klappte.

38.

Mein Handy war weg. Ich hatte es an die Steckdose angeschlossen und im Schlafraum liegen lassen. Und nun lag es da nicht mehr. In Panik suchte ich überall. Riss den Schlafsack weg. Wühlte im Rucksack. Das Kabel steckte noch in der Wand.

Fuck!

»He, was soll denn das?«, zischte Anita schlaftrunken. »Warum machst du so einen Lärm?«

»Jemand hat mein Handy geklaut.«

»So ein Quatsch. Hier klaut niemand was.« Anita richtete sich auf. Schaltete ihre Stirnlampe an. »Nimm Rücksicht, verdammt. Wie spät ist es überhaupt?«

»Hast du jemanden ins Zimmer gehen sehen? Oder hören?«

»Nein, zum Teufel, weil ich tief und fest geschlafen habe, bis du hier einen irren Radau veranstaltet hast.«

Ich winkte ab. Ging zur Tür und drückte auf den Lichtschalter. Die Lampe an der Decke flammte auf.

»Wow, wir haben Strom?« Diese Nachricht ließ Anita anscheinend vergessen, dass sie sauer war, weil ich sie geweckt hatte.

Neben mir drehte sich Franka auf die andere Seite. Auch Lilo regte sich. Nur Saskia schien weder das Licht noch unsere Unterhaltung, die wir mittlerweile ziemlich lautstark führten, aufzuwecken.

»Was ist los? Wie spät ist es?«, murmelte Franka.

Ich warf einen Blick auf meine Uhr. »Halb fünf. Wie geht es dir?«

»Geht so. Das Fieber ist runter, glaube ich.«

Auch Lilo regte sich.

»Du, Anita. Kennst du Laura näher?«

»Laura? Klar. Von früher. Sie war früher eine super Skiläuferin. Im Slalom war sie ein Ass.«

»Und jetzt?«

»Sie ist ausgestiegen«, sagte Anita blasiert. »So ein Sportlerleben passt nicht für jeden.«

»Was für ein Verhältnis hat sie zu Günther?«

»Zu Günther? Gar keins. Sie hatte einen Skiunfall und sich danach nie richtig zurückgekämpft. Ist natürlich bitter.«

»Mein Handy ist weg«, sagte ich. »Habt ihr jemanden bemerkt, der hier reinkam? In der letzten Stunde?«

Die anderen schüttelten verschlafen die Köpfe. Mir wurde heiß. Ich hatte das Gefühl zu ersticken. Auf meinem Handy waren die Bilder von Ernst. Ob das WLAN endlich wieder funktioniert hatte? Und ob meine Fotos inzwischen bei Nero angekommen waren? Ich wischte mir den Schweiß von der Stirn. Wer wusste, dass ich die Fotos von Ernst im Schnee auf meinem Smartphone hatte? Nur vier Personen. Isolde. Lilo. Tonio. Günther. Und seit dem Gespräch in der Küche vorhin auch Laura. Sonst niemand. Es sei denn, jemand hatte gelauscht. Angesichts meiner eigenen Lauschangriffe schien das ziemlich wahrscheinlich.

»Geht es dir nicht gut?«, fragte Franka. »Ich hoffe, ich habe dich nicht angesteckt mit meiner Grippe.«

»Ich muss euch was sagen.« Ich streckte den Rücken durch. »Ernst ist tot. Und die Person, die mein Handy geklaut hat, könnte der Mörder sein.«

39.

Der Tumult war toxisch. Alle Menschen in der Ahornsteighütte hassten mich. Ich hatte sie aus dem Schlaf gerissen. Richtig Stress gemacht. Verlangt, dass sie ihre Rucksäcke vorzeigten. Bei keinem fand ich mein Handy.

Besonders gründlich hatte ich mich in Isoldes Zimmer umgesehen. Doch mir war klar: Sowohl die Hüttenwirtin als auch Tonio oder Günther würden so clever sein, ein geklautes Handy nicht in ihren Sachen zu verstecken. In mir stieg ein Gefühl von Verlorenheit und Verzweiflung auf, das mich beinahe umwarf. Wie konnte ich jetzt beweisen, dass Ernst wirklich tot war? Denn das war es, was ich den anderen schließlich im Speiseraum darlegte: Ernst war tot. In der Nacht aufgebrochen, losgelaufen. Verfolgt von jemand anderem. Der dann auf Skiern zurückgekehrt war und sich ins Bett gelegt hatte.

Für Saskia, Dennis, Björn und Bastian war die Nachricht neu. Alle anderen wussten bereits Bescheid.

»Du spinnst.«

»Kann nicht sein.«

»Wir müssen hin. Vielleicht lebt er noch.«

»Habt ihr euch mal gefragt, warum Ernst mitten in der Nacht raus ist? Im Sturm?«

»Der Sturm hat sich übrigens gelegt.«

»Der Strom ist auch wieder da.«

»Kennt einer von euch Ernsts Familie? Man muss jemanden benachrichtigen!«

Wortfetzen umschwirrten mich. Eben noch war ich voller Adrenalin. Plötzlich verflüchtigte es sich, und ich war einfach nur erledigt. Wollte in meinen Schlafsack kriechen. Licht aus, Ruhe.

»Was bedeutet das jetzt?«, fragte Bastian in die Runde.

Isolde und Laura brachten Frühstück: Kannen mit frisch gebrühtem Kaffee. Pfannkuchen. Brot und Aufstriche. Jemand schaltete die Sternenlichterketten an. Laura entzündete die Kerzen auf dem Adventskranz. »Die Flammen halten die Hoffnung am Brennen«, murmelte sie.

Ich starrte aus dem Fenster in die Dunkelheit und fragte mich, welche Hoffnung sie meinte. Für Ernst gab es jedenfalls keine mehr.

Kurz nach fünf. Die Frage nach dem Warum, die im Stimmengewirr immer wieder aufflog, geisterte auch durch mein sterbensmüdes Gehirn. Warum in drei Teufels Namen hatte Ernst die Ahornsteighütte verlassen? In all der Unruhe um mich herum kristallisierte sich eine einzige mögliche Antwort heraus. Ernst wollte telefonieren. Er wusste anscheinend, schließlich war er oft Gast hier oben, dass auf dem Grat das Netz funktionierte. Zumindest ab und zu. Er hatte etwas Wichtiges zu sagen. Musste jemanden erreichen. Es konnte nicht nur um unser Eingesperrtsein hier oben gehen. Das hatte Ernst mit Gleichmut hingenommen. Was war dann der Punkt?

Ich musste noch einmal da hinaufsteigen. Prüfen, ob er sein Handy bei sich hatte. Dann ließe sich rekonstruieren, wen er angerufen hatte. Jedenfalls stand das zu hoffen. Während die anderen entweder wild durcheinanderredeten oder wie erstarrt in ihre Kaffeetassen guckten, sah ich Tonio. Er verließ den Speiseraum. Ich ging ihm nach.

»Kea, vergiss es«, sagte er, als er mich sah. Er trug bereits Anorak und Stiefel.

»Wo willst du hin?«

»Eine rauchen?«

»Du? Ein Sportler?«

»Ich hatte aufgehört. Aber der Stress hier oben …«

»Gestern Abend sind Günther und Ernst raus.«

»Fang nicht schon wieder …«

»Ich bin ebenfalls raus.«

»Bist du irgendwie manisch? Folgst du gewohnheitsmäßig Menschen, die das Haus verlassen?« Er öffnete die Haustür. In Hüfthöhe lag der Schnee davor, eine feste Masse, von der sich ein wenig Pulver löste und ins Haus rieselte.

Ich schnappte mir Stiefel und Anorak. Lilo hatte gesagt, nach mir hätten sich Tonio und Björn ebenfalls aus dem Speiseraum davongemacht.

»Bist du eigentlich der Einzige, der hier raucht?«

»Isolde steckt sich gern eine an. Die hier sind von ihr.« Er hielt eine Schachtel hoch. »Ehrlich gesagt, ich habe gar keine Zigaretten dabei.«

»Du hattest ja aufgehört.«

»Stimmt genau.« Er stieß mit dem Fuß in den Schnee und bahnte sich einen Weg auf die Terrasse. Es knarzte lautstark. »Fällt dir was auf?«

»Es schneit nicht mehr. Wie findet Anita das?«

»Dass es nicht mehr schneit?«

»Dass du rauchst.« Ich verkniff mir, ›Blödmann‹ nachzuschieben.

»Sie weiß es nicht.«

»Man riecht es.«

Er lachte trocken.

»Hast du mein Handy, Tonio?«

»Himmel, Kea. Du spinnst total! Ich habe dein Handy nicht. Ich habe gepennt, bis du mich geweckt hast, verdammt noch mal! Was willst du denn von mir? Lass mich einfach in Ruhe! Geh deiner Wege!«

Er stapfte über die Terrasse. Ich folgte. Die Dunkelheit am frühen Morgen schien undurchdringlich. Die Luft kam mir kälter vor als vor ein paar Stunden. Ich blinzelte in den Himmel. Keine Sterne. Es war seltsam, so im Nichts festzusitzen. Orientierung bot nur der Boden unter unseren Füßen. Und der kam mir auch trügerisch vor mit all den Schneemassen, die unter unseren Schritten nachgaben und dramatische Geräusche hervorriefen.

»Raucht Björn?«, fragte ich nach einer Weile.

Tonio saugte an seiner Zigarette. Hell leuchtete die Glut im Dunklen auf.

»Ist mir nicht aufgefallen.«

»Gestern Abend: Hast du mitgekriegt, dass Ernst und Günther sich gestritten haben?«

Er verdrehte die Augen. »Haben sie?«

»Es sind Fäuste geflogen.«

»Du meinst, dass Günther Ernst umgebracht hat?«

Wir starrten einander an. Tonio sah zuerst weg.

»Du hast es mitbekommen. Stimmt's?« Ich stülpte die Kapuze über meinen Kopf. So langsam wurden meine Haare fettig. Die zwei Euro Duschgebühr pro Minute kamen mir in den Sinn. Und zugleich der Gedanke: Du hast einen Knall, Kea, in dieser Lage an fettige Haare zu denken.

Tonio sah durch mich hindurch. Die Hand mit dem Glimmstängel hielt er abgespreizt. Wie eine Dame mit Zigarettenspitze in einem Film aus den 20ern, dachte ich. Ich konnte sehen, wie es in ihm arbeitete.

»Du bist sauer auf Günther. Wegen Anita. Gib es zu.«

Er zuckte die Achseln. »Günther lebt aber noch.«

»Vielleicht hast du gedacht, dass du Günther folgst? Und dann war es zufällig Ernst.«

Tonio lachte auf. Es klang wie das Knacken eines Astes. Ein kurzes, trockenes Geräusch. »Pass auf, Kea. Glaub mir, oder nicht. Ich habe nur die Möglichkeit, dir ein ums andere Mal zu versichern: Ich habe geschlafen. Ich habe das Haus nicht verlassen. Bin niemandem gefolgt, habe niemanden geschlagen. Und ja, ich habe mitbekommen, wie Ernst und Günther aneinandergeraten sind gestern. Gebe ich zu. Ich dachte, ich habe eine Chance, eine zu rauchen, ohne dass Anita es mitbekommt.«

»Aha.«

»Verdammt, lass mich in Ruhe. Was weißt du denn schon.« Er nahm einen tiefen Zug. Stippte die Kippe in den Schnee, zog sie wieder heraus, betrachtete sie bedauernd.

»Erklär's mir.«

»Nein. Ist privat.«

Ich zuckte die Achseln. Tonio hatte recht. Dass er Ernst gefolgt war, im Glauben, Günther zu folgen, war wirklich weit hergeholt.

»Ich habe auch mitgekriegt, dass du an den beiden dran warst«, fuhr Tonio fort. »Ich habe dich allerdings nicht gefragt, warum. Jetzt frage ich.«

Ich drehte mich zum Fenster. Die anderen saßen noch im Speiseraum, diskutierten, fuchtelten mit den Händen herum, bedienten sich am Essen. Nur Björn saß still da und blickte aus dem Fenster. Es kam mir vor, als sähe er mich direkt an. Erschrocken trat ich einen Schritt zurück. Obwohl er mich im Dunkeln gar nicht sehen konnte.

»Du hast von Unfällen geredet. Die unter Günthers Ägide passiert sind. Isolde hat sie heruntergespielt. Das hat mich beschäftigt.« Ich hoffte, damit würde Tonio sich zufriedengeben.

»Sie steht auf Günther. Seit Ewigkeiten. Günther dagegen hat immer wieder neue Affären. Jetzt hat er sich an Anita rangemacht. Wird nicht von Dauer sein.«

»Das glaube ich auch nicht. Schon die Nacht nach seinem Annäherungsversuch hat er mit Isolde verbracht.«

Tonio grinste breit. »Praktisch, was?«

»Wieso?«

»Weil sie beide damit ein Alibi haben, Sherlock.«

40.

Ich ging ins Haus zurück. Björn stand da, an die Wand gelehnt.

»Na, Rauchpause?«, fragte er.

Ohne zu antworten, ging ich in die Schuhkammer. Schlüpfte aus Stiefeln und Anorak. Er kam mir nach.

»Ich finde das alles ziemlich beunruhigend.«

»Wem sagst du das.«

»Können wir reden?« Er machte eine schnelle Bewegung mit dem Kopf.

Ich folgte ihm. In die Stube mit dem Bücherregal. Er schob die Tür hinter uns zu.

»Wir müssen was tun. Das Telefonnetz geht leider nicht. Das WLAN auch nicht.« Er hielt sein Smartphone hoch.

»Ich hätte gern mein Handy zurück.« Mit fiel wieder ein, dass ich oben am Grat in Ernsts Kleidung nach seinem Telefon suchen wollte. Zugleich spürte ich, wie mir bei der Aussicht auf einen erneuten Aufstieg und die Konfrontation mit Ernsts Leiche übel wurde.

»Erinnerst du dich an ›Wahrheit oder Pflicht‹?« Björn sah mich konzentriert an.

»Wie nicht? Ernst hat Günther gefragt: ›Warum hast du das getan?‹ Seitdem rätseln alle, was er damit gemeint hat.«

»Nein, ich meine was anderes. Dennis wollte von Günther wissen, wie oft er vom Fahrrad gestürzt ist. Und Günther antwortete: 20 Mal. Allein im vergangenen Jahr.«

»Günther hat das als Witz gesehen.«

»Leise!« Björn legte einen Finger auf seine Lippen und wies mit den Augen auf die Wand zur Küche. »Witz oder nicht: Ernst sah tief getroffen aus.«

Ich sah Ernst vor mir. Blass im Gesicht – und voller Abscheu.

»Worauf willst du hinaus?«, flüsterte ich.

»Nach meiner Knie-OP war ich zur Reha. Dort lernte ich eine Frau kennen, die mit Ernst befreundet ist. Sabrina. Mit ihr bin ich noch in Kontakt. So kam ich auch zu der Schneeschuhwanderung hier. Sie wusste von dem Ausflug, hat mir eine Nachricht geschickt und auf Ernst verwiesen.«

»Und?«

»Sabrina erwähnte damals, dass Ernst vor ein paar Jahren einen schweren Schicksalsschlag einstecken musste. Seine Verlobte stürzte während eines Mountainbikekurses vom Rad. Sie starb, ein schrecklicher Unfall. Sabrina meinte, Ernst hätte seine Freundin noch gewarnt, weil er den Trail, auf dem sie schließlich verunglückte, für zu schwer hielt. Aber der Lehrer forderte sie geradezu auf, den Trail auszuprobieren.«

Ich schluckte. »Und der Lehrer war Günther?«

»Ich bilde mir ein, Sabrina hätte seinen Namen erwähnt. Würde doch passen!«

Das passte perfekt zu dem, was mir Tonio erzählt hatte. Mein Herz hämmerte. Es passte zu gut. Wirklich zu gut.

»Könnte sein«, murmelte ich. »Und Isolde hat die Unfälle runtergespielt. Als wollte sie Günther schützen.«

»Isolde und Günther sind also ein Paar?«

»Offenbar seit gestern Nacht.« Ich dachte an Tonio und seine Ansicht über deren Alibi. Doch was war das wert? Und bei dem Streit hinter dem Haus gestern: Hatte Ernst gedroht, Günther ans Leder zu gehen – wegen seiner Verlobten? Gab er Günther die Schuld? Und wenn der Unfall schon Jahre her war, weshalb hatte Ernst dann nicht längst etwas unternommen?

»Björn, hör mal: Hat Sabrina etwas darüber gewusst, ob Ernst versucht hat, Günther juristisch dranzukriegen?«

»Sie sagte, dass Günther nichts nachzuweisen war. Ernsts Freundin, Anne, glaube ich, hieß sie, wollte diesen Trail unbedingt fahren.«

Verantwortung. Wie oft hatte ich das Wort in allen möglichen Zusammenhängen gehört, seit ich mich auf diese dämliche Schneeschuhwanderung eingelassen hatte? Isolde hatte Günther als verantwortungsbewussten Bergführer beschrieben. Auch ich hatte ihn so erlebt: Er hatte, als Anita abfahren wollte, widersprochen und auf die Gefahren durch das Wetter verwiesen. Was, wenn Anita sich dennoch auf den Weg gemacht hätte? Hätte er sie davon abgehalten? Abhalten können? Was hätten wir getan, wenn sie ihre Sachen gepackt, ihre Skier angeschnallt hätte und Richtung Tal gesaust wäre? Günther hatte im Gegenzug Ernst als verantwortungsbewusst beschrieben. Ein Bergführer, der uns ungeübte Schneeschuhwanderer nicht in die Bredouille bringen würde.

Björn schien etwas Ähnliches zu beschäftigen. »Gestern Abend, beim Essen, redete Tonio davon. Dass man sich in einer Gruppe darüber verständigen muss, bis zu welchem Risiko man gehen will.«

Ich nickte langsam. Mir wurde klar, dass ich für mich selbst die Latte in Sachen Risikobereitschaft neu festlegen musste. Denn ein Gedanke wurde in mir immer lauter: Ich brauchte Ernsts Handy.

41.

Ich behauptete Björn gegenüber, duschen zu wollen, und huschte die Treppen hinauf in den Schlafraum der Frauen. Die Körperpflege musste noch etwas warten. Natürlich war mein Handy nicht wieder aufgetaucht. Ich war überzeugt, dass es irgendwo hier auf der Ahornsteighütte sein musste. Dass jemand längst versucht hatte, den PIN zu hacken. Was vermutlich nicht gelingen würde. Dann brauchten wir nur noch das Telefonnetz und WLAN zurück, und meine Fotos mit Message an Nero würden auf die Reise gehen.

Ich checkte meine Uhr: gerade sechs. Niemand war hier oben. Alle hockten unten und redeten sich die Köpfe heiß, während Isolde und Laura sich mit Arbeit ablenkten. Auf Frankas Bett sitzend, führte ich mir meine Möglichkeiten vor Augen. Ich musste aus dem Haus kommen. Ungesehen würde das nicht klappen. Also blieb mir nur die Möglichkeit, vor aller Augen hinauszuspazieren. Mit einer guten Begründung.

Entschlossen schnappte ich meine Stirnlampe, verstaute sie in der Hosentasche, ging nach unten, zog Anorak und Mütze an, nahm meine Stiefel in die Hand. Linste in den Speiseraum. »Hat jemand Isolde gesehen?«, fragte ich laut.

»Kea!« Günther lachte. »Gehst du wandern?«

Ich zeigte ihm einen Vogel. »Eine rauchen. Möchte jemand mitkommen?«

Bei dem Wort ›rauchen‹ verstummten die Stimmen.

»Rauchen?«, echote Anita, als hätte sie von etwas derart Ekelhaftem nie auch nur gehört.

»Isolde ist in der Küche«, schob Saskia nach.

Ich machte ein gewisses Aufheben, als ich durch den Speiseraum in die Küche trabte und nach Isolde rief.

»Ja? Brauchst du was, Kea?«

»Eine Zigarette? Bitte«, fügte ich hinzu.

Sie grinste. »Für dich immer.« Sie warf mir eine halb leere Packung zu. »Freu dich dran.«

»Danke.« Die Schachtel sichtbar in der Hand, marschierte ich wieder durch den Speiseraum, ließ die Tür ein Stück offen stehen, zog die Stiefel an und ging hinaus auf die Terrasse.

Die Luft erschien mir nun sehr kalt. Sofort fröstelte ich. Dennoch blieb ich stoisch stehen, nah am Haus, wo man mich vom Speiseraum aus gut sehen konnte, und stippte eine Kippe aus der Packung. Rauchte. Spürte die Blicke der anderen in meinem Rücken. Nun war ich nicht mehr nur die Dicke und diejenige, die Krawall machte, sondern auch noch die unsolidarische, umweltverpestende Raucherin. Ich ging zum Geländer, wischte den Schnee weg und lehnte mich dagegen. Hoch über mir blinkte ein Stern. Nur kurz, dann war er verschwunden.

Vielleicht zogen die Wolken allmählich ab? Freie Sicht würde uns allen bestimmt guttun.

Langsam, wie zufällig, wanderte ich mit meiner Zigarette die Terrasse entlang, bis ich am äußersten Ende angekommen war. Vorsichtig sah ich mich um. Der

Winkel für mich stand günstig. Um mich vom Speiseraum aus zu beobachten, musste man sich nun direkt ans Fenster stellen. Was in der Küche passierte, konnte ich nicht einschätzen. Ich hoffte einfach, dass Isolde und Laura so beschäftigt waren, dass sie mich nicht bemerkten.

Ich holte tief Luft und sprang von der Terrasse in den Tiefschnee. Mein Herz schlug heftig, als ich noch einmal zurückblickte, dabei die Zigarette in den Schnee rutschen ließ. Mir blieb nicht viel Zeit. Irgendwann würde jemand merken, dass ich nicht mehr auf der Terrasse stand.

Schnell stapfte ich durch den Schnee. Zu dumm, dass meine Spuren jetzt, da es nicht mehr schneite, bestens sichtbar bleiben würden. Egal, ich musste das Risiko eingehen. Falls ich richtig lag und Ernst zum Telefonieren auf den Grat gewandert war, hatte er das Handy noch bei sich. Es sei denn, der Mörder hatte es ihm abgenommen. Aber war dafür Zeit gewesen?

Alles Nachdenken half nichts. Ich musste selbst nachsehen.

Immer wieder blickte ich mich um. Doch in der tiefen Dunkelheit konnte ich unmöglich jemanden erkennen. Ich achtete darauf, die Stirnlampe immer nur kurz anzuknipsen, um mich grob zu orientieren. Die Spuren der nächtlichen Ausflügler waren noch zu erkennen. Je weiter ich den Hang hinaufstieg, desto schwerer fiel es mir, die Panik zu ignorieren. Sie war überall. In meinem Herzen, in meinem Kopf, in meinem Bauch. Mein Magen krampfte sich zusammen. Zweifel überfielen mich, die mir suggerierten, wie irrsinnig meine Idee war, nach Ernsts Handy zu suchen. Was konnte ich schon tun? Nachsehen, ob er telefoniert hatte?

Um mich abzulenken, rekapitulierte ich das Gespräch mit Tonio. Er kam mir immer schillernder vor, je mehr ich über ihn nachdachte. Ein eifersüchtiger Sportler, der rauchte, sich darauf verließ, dass sein Nebenbuhler bald ein neues Begierdeobjekt finden würde … Womöglich war es gar nicht so weit hergeholt, zu glauben, dass Tonio Ernst gefolgt war, in der Überzeugung, es wäre Günther … Er könnte oben auf dem Grat den vermeintlichen Günther angesprochen haben. Der war in Wahrheit Ernst, war herumgefahren, erschrocken, weil er den Verfolger nicht bemerkt hatte, Tonio mochte sich angegriffen gefühlt haben …

Ernst und Günther waren in etwa gleich groß, die Statur stimmte grob überein. Wenn man nachts bei Schneetreiben jemandem folgte, konnte man sich nicht sicher sein, ob man die richtige Person vor sich hatte. Doch wie hatte er seine Ski und seine Stiefel so schnell trocken gekriegt?

Ich schnappte nach Luft. Der steile Aufstieg, noch dazu ohne hilfreiche Schneeschuhe, strengte mich an. Ich schwitzte, vermied es in der Kälte jedoch, die Jacke zu öffnen. Riss die Mütze herunter. Ging langsamer und setzte bewusst kleinere Schritte, so wie wir es auf der Wanderung getan hatten, wenn die Steigung zu steil wurde. Hinter mir knackte etwas. Ich fuhr herum. Nichts zu sehen. Nur Dunkelheit, und tief unter mir ein schwaches Licht aus der Ahornsteighütte. Etwas, an dem sich meine Augen festsaugen wollten. Ein optischer Eindruck, der für wenige Sekunden die Einsamkeit linderte.

Ich wandte mich um und stieg weiter. Ohne die Spurenreste im Schnee vor mir hätte ich keinen Plan gehabt, wie ich gehen musste. Ich stapfte durch den Schnee, nutzte die Stiefelabdrücke unter mir. Die Anstrengung machte sich trotzdem schnell bemerkbar. Ich bekam Seitenstechen, musste stehen bleiben. Atmete tief ein und aus. Stieg weiter. Der Gedanke an den toten Ernst, dem ich gleich die Taschen durchwühlen würde, bremste mich zusätzlich. Zugleich spürte ich das Bedürfnis, diesen Ausflug schnell hinter mich zu bringen.

42.

Ernst. Der Schnee. Die dunklen Flecken neben der Leiche. Ich schluckte.

Der Strahl meiner Stirnlampe glitt kurz über den Toten. Dann knipste ich sie aus und tastete im Dunkeln über Ernsts Anorak. Es ging ganz einfach, sobald ich mich überwunden hatte. In der Seitentasche fand ich das Handy.

Ich zog es heraus. Entsperrte es mit Ernsts Zeigefinger. Ich biss die Zähne zusammen und bat ihn innerlich um Verzeihung. Überprüfte die Anrufliste.

Letzter Anruf um 1.04 Uhr.

Ich sog scharf die Luft ein. Mein Herz hämmerte. Die Nummer führte zu einer Frau namens Mareike Storch. Ich hielt das Telefon hoch. Kein Netz. Ging ein paar Schritte. Noch ein paar. Die Skispuren entlang, die ansatzweise noch zu erkennen waren.

Zwei Balken. Ich keuchte auf. Tippte auf ›Anrufen‹.

Ein Anrufbeantworter sprang an. Die Tatsache, dass sich ein Kontakt in die Außenwelt bot, in dieser Einöde, nach mehr als anderthalb Tagen der Isolation, überwältigte mich derart, dass ich den Anfang der Aufnahme verpasste.

»… Sprechzeiten an. Wenn Sie einen Termin vereinbaren wollen …«

Ich legte auf und rief noch einmal an.

»Praxis für Psychotherapie, Dr. Mareike Storch, Grüß Gott. Sie rufen außerhalb unserer Sprechzeiten an. Wenn Sie einen Termin vereinbaren wollen, melden Sie sich zwischen 9 und 13 Uhr beziehungsweise zwischen 16 und 19 Uhr. Alternativ können Sie eine Nachricht nach dem Signalton hinterlassen, wir rufen Sie dann zurück.«

Ich holte tief Luft.

»Mein Name ist Kea Laverde. Ich befinde mich in der Ahornsteighütte in Tirol. Es ist jemand gestorben, wir brauchen Hilfe, das Telefonnetz funktioniert nur etwa 200 Meter oberhalb der Hütte. Dies ist ein Notfall. Bitte alarmieren Sie …«

Etwas rammte von hinten zwischen meine Schulterblätter. Ich stürzte in den Schnee. Das Telefon flog irgendwo hin.

Jemand setzte sich auf meinen Rücken. Ein brutaler Schmerz schoss mir von der Hüfte über die Wirbelsäule bis in die Schulter.

»Nicht«, stöhnte ich. »Ich habe ... ich hatte ...«

Zwei Hände legten sich um meinen Hals. Drückten zu. Ich schmeckte Schnee im Mund. Gierte nach Luft. Für Augenblicke resignierte ich. Dies war das Ende, und ich hatte es zu akzeptieren. Dann griff mein Überlebensinstinkt ein: Trotz der immer heftiger werdenden Schmerzen gelang es mir, nach einer der beiden Hände zu greifen. Ich trug einen dicken Schal und darüber einen bis oben hin geschlossenen Anorak. Beides kam mir zu Hilfe. Die fremden Hände konnten nicht zupacken. Nicht richtig.

Ich spannte alle Muskeln an und wälzte mich zur Seite. Wer auch immer auf mir ritt, geriet aus dem Gleichgewicht. Ich zog die Knie an den Körper, drehte mich auf den Rücken und stieß nach meinem Angreifer. Sah nur ein Gesicht mit einer tief sitzenden Mütze und einem Buff über Mund und Nase. Etwas knallte in mein Gesicht. Ich presste die Augen zu. Schnee füllte meinen Mund. Ich röchelte. Schlug mit den Händen, trat mit den Füßen. Ein Verzweiflungskampf, den ich nicht lange durchhalten würde. In meinem Kopf erschien das Bild einer Praxis, in der früh am Morgen jemand den Anrufbeantworter abhörte. Eine Angestellte oder die Therapeutin selbst. Wie diese Person ungläubig, erschreckt oder mit dem Gefühl, zum Narren gehalten zu werden, das Gesicht verzog. Und noch ein Gedanke schlich sich herbei. Heute war Sonntag. Vor morgen würde niemand diesen Anrufbeantworter auch nur berühren. Und morgen hätten wir schon den 23. Dezember. Wenn ich bis dahin am Leben blieb. Konnte sein, dass in diesem Jahr überhaupt niemand mehr den Anrufbeantworter überprüfte. Ich hätte besser den Notruf wählen sollen.

Ich versuchte, aus dem Würgegriff des Angreifers zu entkommen, riss den Kopf nach links, dann nach rechts, spuckte den Schnee aus. Ruderte mit den Armen. Würgte. Ich ballte die Faust, holte aus und schlug gegen den Kopf des anderen. Der riss die Augen auf, kippte zur Seite. Blieb liegen.

Ich rappelte mich auf. Ignorierte die Schmerzen. Beugte mich zu der Person herunter. Riss ihr die Mütze vom Kopf. Zerrte am Buff.

»Verdammt!« Ich fuhr zurück.

Ich hatte mit Günther gerechnet. Oder mit Tonio. Eventuell sogar mir Anita.

Und fiel buchstäblich aus allen Wolken.

43.

Ich hatte nicht viel Zeit, meinen Schock über die Tatsache zu überwinden, dass vor mir im Schnee Laura lag. Ich riss mir den Schal herunter, stürzte mich auf sie, bog ihr die Arme nach hinten und fesselte sie. Sie wurde bereits wach, stieß mit den Füßen.

»Vergiss es, du kriegst mich nicht klein!«, schrie ich sie an. Ich rang nach Atem dabei. Meine Stimme klang heiser. Anscheinend war mir einiges an Schnee in die Kehle geraten. »Du wolltest mich umbringen!«, brüllte ich, als könnte die Lautstärke die Todesangst ableiten, die mich erst jetzt ergriff. Während ich gegen Laura gekämpft hatte, war ich quasi auf Autopilot gewesen. Nun setzte schleppend das Bewusstsein ein. Ich kniete neben ihren Füßen nieder, schnürte die Stiefel auf und knotete die Schnürsenkel aneinander. Keine Ahnung, wie lange ich sie so in Schach halten konnte. Sie riss bereits an den Fesseln.

»Du Schlampe«, zischte sie mich an.

»Du wolltest mich umbringen!«, wiederholte ich. »Schon vergessen?« Ich tastete nach meiner Stirnlampe. Konnte sie nicht finden, wahrscheinlich hatte ich sie im Kampf verloren.

»Das hat nichts mit dir zu tun!«

»Womit dann? Hast du Ernst getötet?«

Mit erstaunlicher Kraft ruckelte sie hin und her, um die Fesseln loszuwerden. Ich warf mich auf sie, drehte sie auf den Bauch und setzte mich auf ihren Rücken. Wie meine Hüfte und meine Wirbelsäule das aushielten, würde sich später zeigen. Laura traute ich alles zu. Sie würde nicht so schnell aufgeben. Ich musste sie irgendwie in Schach halten. Doch wie kam ich jetzt zurück zur Hütte? Sollte ich Laura gefesselt im Schnee liegen lassen? Und wer würde mir glauben? Nachdem mich einige dort unten sowieso auf dem Zettel hatten, würden die meisten eher zu Laura halten. Isolde zumal, immerhin war Laura zweite Frau im Betrieb.

Ich drückte ihren Kopf in den Schnee, achtete aber darauf, dass sie atmen konnte.

»Was hast du heute Nacht hier getan?«, fragte ich.

»Geht dich nichts an.«

Ich stellte mir vor, wie Isolde reagieren würde, wenn ich unten behauptete, ihre Angestellte hätte Ernst getötet und das Gleiche ein paar Stunden später bei mir versucht.

»Warum Ernst?«, fragte ich.

Laura stieß ein heiseres Lachen aus. »Ernst!« Sie ächzte vor Lachen. »Ernst!«

Sie musste durchgeknallt sein.

»Du kapierst es nicht, oder?«, stöhnte Laura.

»Dann erklär's mir.« Ich hatte den Verdacht, dass Laura auf Zeit spielte. »Was hattest du mit Ernst zu schaffen?«

Und dann fiel es mir wie Schuppen von den Augen. Nicht Ernst. Nein.

»Du dachtest, du würdest Günther folgen, oder?«

Laura erwiderte nichts. Ich dachte an ihr Gespräch mit Isolde, vor ein paar Stunden. In der Küche. »Der

Günther hat dich immer nur ausgenutzt«, hatte sie Isolde an den Kopf geworfen. Ich hörte jetzt noch den Trotz in ihrer Stimme. Einen Trotz, der aus Trauer und Zurückweisung gewachsen war. Oft genug hatte ich diese Art von stacheligem Unwillen im Gespräch mit meinen Kunden erlebt, wenn sie über vergangene Erniedrigungen sprachen.

»Du willst Günther für dich«, stellte ich fest.

Laura schwieg.

Ich starrte in die Dunkelheit. Der Schweiß trocknete auf meiner Haut. Ich fröstelte. Wind kam auf. Ich legte den Kopf in den Nacken und blickte in den schwarzen Himmel. Sah ein paar Sterne. Also zogen die Wolken endlich ab!

Laura begann zu zittern. Wir würden beide unterkühlen. Die Frage war, wer von uns länger durchhielt. Ich hatte keine Ahnung, wie ich Hilfe holen sollte.

»Hast du mein Handy weggenommen?«

Ich wartete ihre Antwort nicht ab. Sie hatte genug Zeit gehabt, mein Telefon an sich zu bringen, während ich in der Küche herumgeschnüffelt hatte.

»Vergiss es, ich habe es nicht dabei.« Es klang triumphierend.

Etwas klingelte. Ein bisschen weiter weg. Ich hob den Kopf.

Tatsache. Ein Handy. Irgendwo im Schnee. Das von Ernst! Es war mir aus der Hand gefallen. Vorhin. Ich versetzte Laura einen kräftigen Stoß zwischen die Schulterblätter, stemmte mich hoch, sah mich um, lauschte, machte ein paar Schritte. Sie war schnell, kam auf die

Knie, doch sie rechnete nicht damit, dass ich ihre Schnürsenkel zusammengebunden hatte. Mit einem Keuchen stürzte sie wieder in den Schnee.

Ich erwischte Ernsts Handy.

Mareike Storch, blinkte auf dem Display auf.

»Hallo? Frau Storch?«, rief ich.

»Sind Sie … haben Sie mich angerufen?«

»Ja, Kea Laverde. Hören Sie, ich habe Ernsts Handy gefunden.«

»Sprechen Sie von Ernst Robler?«

»Ich bin mit einer Gruppe Schneeschuhwanderer unter seiner Führung auf die Ahornsteighütte gekommen. Ein Unwetter hat uns hier festgesetzt. Es gibt einen Toten, bitte alarmieren Sie die Polizei!«

»Um Gottes willen.«

»Ich gebe Ihnen noch eine andere Nummer mit der Bitte, Hauptkommissar Nero Keller anzurufen und ihm die Lage zu schildern.«

»Meine Güte, wer ist denn tot? Hören Sie, die Nachrichten auf dem Anrufbeantworter werden auf mein Handy umgeleitet, ich …«

»Haben Sie etwas zum Schreiben?«

»Ja.«

Ich diktierte Neros Nummer. Aus den Augenwinkeln sah ich, wie Laura, die sich erneut aufgerappelt hatte, dabei war, ihre Fesseln abzustreifen.

»Es ist dringend. Wir brauchen so schnell wie möglich Hilfe.«

Ich legte auf. Rannte zu Laura, trat ihr in die Kniekehle. Sie fiel der Länge nach hin. Ich warf mich auf sie. »So ein bisschen Gewicht kann durchaus von Vorteil sein«, sagte ich.

Sie fauchte nur. Ich aktivierte die Sprachaufnahmefunktion.

44.

Laura, 23, Hüttenmitarbeiterin

Ich wusste nicht, dass es Ernst ist. Ich dachte, es ist Günther. Mitten in der Nacht krachte irgendwo eine Tür. Da lag ich wach. Zuvor konnte ich nicht schlafen, ich habe ja immer Isolde und Günther gehört. Dann muss ich trotzdem eingeschlummert sein.

Der Punkt ist, ich habe natürlich mitbekommen, dass Isolde seit gestern irgendwie anders war. Wegen Günther. Sie hatte neue Hoffnung geschöpft. Viele Frauen fliegen auf Günther. Dir mögen Typen wie er ein Dorn im Auge sein. Aber er ist wertschätzend. Er kann würdigen, wenn jemand gut in etwas ist. Mir war sportliche Leistung immer wichtig, und ich war bereit, alles für Siege zu geben. Günther ist ähnlich veranlagt. Wir sind im Prinzip aus demselben Holz.

Ich kenne Günther schon lange. Die Bergfreundinnen

und -freunde in der Gegend begegnen einander immer wieder. Bei Kursen, Wettkämpfen, Festivals, manchmal sogar einfach im Sportgeschäft oder in der Fahrradwerkstatt. Günther war mein Vorbild. Ein taffer Typ. Jemand, der seine Ziele genau definiert.

Also, ich habe eine Tür schlagen gehört, dachte, es ist Günther. Das Geräusch schien mir ganz nah. In der Schuhkammer zog sich jemand an. Ich hab noch Skier und Stiefel bei mir im Zimmer gehabt. Unter dem Bett. Die habe ich mir geschnappt und bin ebenfalls raus. Ich dachte zuerst, Günther will abfahren. Runter ins Tal. Schien mir unlogisch, so mitten in der Nacht. Ich hatte ja keine Ahnung, was ihn sonst da raustreiben sollte. Als ich aus dem Haus trat, sah ich, dass er bergauf unterwegs war. Ohne Ski. Das kam mir sehr seltsam vor. Ich hab meine Bretter geschultert und bin ihm nach. Er war ganz konzentriert, sah sich kein einziges Mal um.

Du wirst mich jetzt gleich korrigieren, sagen, dass es ja nicht Günther war. Wirklich, ich wusste es nicht. Ich war total überzeugt, Günther zu folgen. In meinem Kopf legte ich mir einen Plan zurecht, was ich Günther sagen wollte. Bloß: Er lief weiter und weiter. Das wurde allmählich peinlich. Ich meine, ihm neben der Hütte über den Weg zu laufen, das wäre noch irgendwie gegangen. Ich hätte es halt mit Small Talk versucht. Kannst du auch nicht schlafen? Solche Sachen hätte ich gesagt. Nur, um mich ins Spiel zu bringen. Ihm zu signalisieren, dass er mit mir was gemeinsam hat. Die Liebe zum Sport, zum Training, zur Leistung. Doch je weiter er sich von der Hütte entfernte, desto eigenartiger wäre jedes Gespräch rübergekommen. Es musste ihm ja klar sein, dass ich ihm folgte. Deswegen machte ich einen kleinen Umweg. Zuerst dachte ich, ich warte ab, bis Günther außer Sicht ist, schnalle die Skier an und düse zur Hütte zurück. Dabei fiel mir allerdings ein, dass er aller Wahrscheinlichkeit nach zurückkommen würde. Wo sollte er in der Nacht schließlich hin, bei diesem Wetter! Also habe ich mir gedacht: Ich packe den Stier bei den Hörnern. Ich sage ihm einfach, wie ich für ihn empfinde. Vielleicht spielen mir die Umstände sogar in die Karten. Eine Frau, die nachts im Schneesturm einem Mann ihre Gefühle gesteht, muss einer wie Günther ernst nehmen. Ich meine, ich glaube ja nicht, dass er für Isolde viel empfindet. Er wollte sicher nur seinen Spaß, weil er auf dem Berg festhängt und nicht viel zu tun bleibt, habe ich gedacht. Euch alle sticht ja irgendwie der Hafer. Also wanderte ich in seine Richtung weiter. Ich kam näher, sah ihn am Grat stehen. Er hielt etwas in der Hand, wirkte sehr nervös. Mir fiel wie Schuppen von den Augen, dass dort oben manchmal noch Telefonempfang ist, wenn er bei uns in der Ahornsteighütte wegbricht. Deshalb also hatte er sich mitten in der Nacht auf den Weg gemacht. Er wollte jemanden anrufen. Während ich weiter auf ihn zustapfte, überlegte ich, wen er wohl so dringend erreichen wollte. Plötzlich kam mir in den Sinn, dass er eine Freundin haben könnte. Die er sprechen will. Der Gedanke hat wehgetan. Es schmerzt, als Verliererin dazustehen.

Als mein Freund nach meinem Unfall mit mir Schluss machte – da fühlte ich mich zuerst abserviert, gedemütigt und erniedrigt. Bis ich mir sagte: Vielleicht hatte es doch mit dem Unfall zu tun, obwohl er das immer verneinte. Um ehrlich zu sein: Es hätte mich beruhigt, wenn er mich nur wegen des Unfalls ausgemustert hätte. Ein handfester Grund. Einer, den man nachvollziehen kann. Es hätte nichts mit mir als Mensch zu tun gehabt, sondern nur mit mir als Sportlerin. Das hätte mich nicht gebrochen. Es wäre sogar akzeptabel für mich gewesen.

Wenn du wegen eines Merkmals, das dir plötzlich abhandenkommt, in die Wüste geschickt wirst, sei es privat oder im Job, sagst du dir nämlich, dass da ja noch andere Qualitäten sind. Die für jemand Neues interessant sein könnten.

Ich nahm also meinen Mut zusammen. »He, Günther!«, rief ich. Er fuhr herum, da sah ich, es war Ernst. Er hielt sich das Handy ans Ohr, schwitzte, hatte ganz wilde Augen. Streckte die freie Hand vor, als wollte er mich davon abhalten, näherzukommen. Ich blieb stehen, entschuldigte mich. Hatte richtig Angst vor ihm. Er sprach mit jemandem. Ich bin mir sicher, jemand war am anderen Ende der Leitung. Doch es kam mir vor, als redete er zugleich mit mir. Ich war völlig konfus. Er kam auf mich zu, mit diesen rohen Augen, da war so ein Blick drin, den kannst du dir nicht vorstellen, voller Wut, voller Panik, wie ein angeschossenes Raubtier. Deswegen habe ich meine Skier von meiner Schulter geschwenkt. Ich wollte in die Bindung rein und weg, nur weg von Ernst, dem ich in diesem Moment alles zutraute. Just in dem Augenblick rutschte Ernst aus und kam wie im freien Fall auf mich zu. Meine Skier trafen ihn am Kopf. Er kippte um. Lag im Schnee, steif wie ein Stück Holz. Ich beugte mich über ihn, er sah durch mich hindurch. Sein Atem ging schnell und hektisch, er reagierte nicht, als ich mit ihm sprach. Ich schrie ihn an, dass ich Hilfe holen würde. Da kam gar nichts. Sein Blick, eben noch so feurig und grausam, war nun komplett leer. Er erkannte mich gar nicht. Sein Atem flachte ab. Schließlich atmete er gar nicht mehr.

45.

Erschöpft lag ich auf Laura. Schaltete die Aufnahmefunktion aus, sendete die Datei an meine E-Mail-Adresse und steckte das Handy ein. In wenigen Worten war das hier Lauras Lebensgeschichte. Eine Verkettung von Umständen, dazu eine lange Geschichte von Misserfolg, Zurückweisung und trügerischen Hoffnungen. Ich fror. Im Osten nahm der Himmel eine hellere Farbe an. Doch noch glitzerten die Sterne. Kalt und fern.

Laura unter mir zitterte. »Wir können nicht mehr lange draußen aushalten.«

»Ich lass dich nicht loslaufen.« Ich fühlte mich inzwischen reichlich angeschlagen. Außerdem traute ich

Laura zu, dass sie etwas im Schilde führte, um mich auszuschalten. Das Potenzial dazu hatte sie. Vermutlich auch das bessere Durchhaltevermögen.

»Es ist bald Weihnachten«, flüsterte Laura.

»Du hast einen Menschen getötet.«

»Das war ein Versehen, Teufel noch mal!«

»So einfach ist das nicht.« Ich versuchte mir auszumalen, wie sehr Ernst im Laufe dieser wenigen Tage an seine Grenzen getrieben worden war. Den Tod seiner Verlobten, den er Günther anrechnete, hatte er noch lange nicht verwunden. Das Drama in ihm war durch Günthers Bemerkungen, vielleicht auch durch Tonios Sticheleien, derart angefacht worden, dass er keine andere Möglichkeit gesehen hatte, als mitten in der Nacht auf den Grat hinaufzusteigen, bei Sturm und Eiseskälte, in der Hoffnung, seine Therapeutin erreichen zu können.

»Da haben schon ganz andere versucht, mich zu brechen«, flüsterte Laura mit klappernden Zähnen.

»Kea?«, rief jemand.

Ich hob den Kopf.

»Kea?«

Ich sah das helle Licht einer Stirnlampe näherkommen, das auf und ab hüpfte, aber kontinuierlich in meine Richtung leuchtete. Langsam schälte sich eine Gestalt aus der Dunkelheit. Saskia!

»Verdammt!«, rief sie. »Was macht ihr hier?«

»Laura hat Ernst getötet.«

»Das war aus Versehen!« Laura schrie nun und zappelte. »Du musst mir glauben, Saskia. Kea will, dass wir beide hier oben erfrieren. Die spinnt. Die ist einfach völlig durchgeknallt.«

»Laura hat Ernst getötet!«, wiederholte ich.

»Kannst du nicht beweisen. Hast ihn selbst getötet und willst mir was anhängen.«

»Halt die Klappe!«, fuhr ich sie an.

Saskia starrte uns mit großen Augen an. »Dennis und ich haben gemerkt, dass du nicht mehr reinkamst nach der Rauchpause. Lilo machte sich auch Sorgen. Deswegen bin ich losmarschiert. Ich dachte mir, dass du vielleicht noch mal hier heraufkommst. Liegt Ernst hier … irgendwo?«

»Es war Laura. Ich habe ihre Aussage auf Band.«

»Aussage!« Laura zitterte jetzt sehr stark. »Das kann ich alles bestreiten. Du hast mich unter Druck gesetzt.«

»Lass es einfach.«

»Sie wollte mich umbringen. Mit einem Stein auf mich einschlagen.«

Saskia sah von mir zu Laura und wieder zurück. »Wir haben Lauras Skier gefunden. Unter deinem Bett, Laura. Und die nassen Schuhe. Es war klar, dass du heute Nacht draußen warst.«

Lauras Zittern ging in ein heftiges Zucken über. Mir war klar, dass sie weinte. Saskia half mir hoch. Meine Glieder fühlten sich so steif an, als hätte ich stundenlang hier im Schnee gekauert. Ich stülpte die Kapuze über meine Mütze. Stampfte mit den Füßen, um warm zu werden.

»Was ist das für ein Geräusch?«, flüsterte Saskia.

Wir hörten ein entferntes Knattern, das schnell näherkam.

»Ein Hubschrauber!«

»Polizei?«, fragte ich.

»Sieht so aus.«

Nun sahen wir die Positionsleuchten des Helikopters. Saskia nahm die Stirnlampe ab und hielt in kurzen Abständen die Hand vor das Licht.

Verblüfft beobachtete ich, wie der Hubschrauber die Flughöhe verringerte, wendete und genau auf uns zuflog. Dann kam es mir vor, als ginge die Sonne auf. Der Suchscheinwerfer jagte grelles Licht über die Schneefläche. Geblendet blinzelte ich. Saskia streckte bereits beide Arme in die Luft. Laura rappelte sich auf. Schwankend stand sie neben uns und starrte mit weit aufgerissenen Augen in das gleißende Licht.

ENDE